# LE MARIAGE DÉSIRÉ

Samuel BEUGRE

# LE MARIAGE DÉSIRÉ

NE

Nellys Éditions
23 BP 1144 Abidjan 23

ISBN : 9781694350671

*Mme Nelly LOTTERIE-MARTIN*
*Mme Narcisse BEUGRE*
*Maman chérie Béatrice*
*Merci pour la vie donnée.*

*Je dédie mon ouvrage à toutes les femmes*
*et à ceux qui sont à la recherche du*
*bonheur,*
*Car le vrai bonheur se trouve*
*dans la joie de vivre.*

Que Dieu vous bénisse !

# Remerciements

*Je remercie particulièrement*

*Père Jules FEGBO, que Dieu te bénisse abondamment*

*A toute ma famille,*

*A tous les chrétiens de la chapelle Santé 3*

*Merci à tous mes amis,*

*Particulièrement à tous les Zogolai (e)s*

# Prologue

L'auteur déborde d'un altruisme intellectuel à travers ce bel ouvrage « Le mariage désiré » accessible à la compréhension de tous. Le mariage élément socialisant des relations interpersonnelles, vous femmes à la recherche du bonheur mais pas n'importe lequel, celui qui se trouve là où nous avons perdu la joie dixit l'auteur il vous dédie son œuvre. Deux grandes parties constituent la trame de l'œuvre qui sont les composantes principales de l'amour d'abord comme trahison et désespoir, Michel et Helene ensuite comme joie et espérance retrouvée Michel et Sylvie. Hélène de l'idéalisme au réalisme sentimental, nous donne une belle leçon d'honnêtetés en amour. Même si elle a trahi Michel sa prise de conscience de l'amour comme socle du mariage nous interpelle. Merci Hélène de nous enseigner que le mariage peut être dénué de tout artifice matériel et social.

L'exemple de Hélène et Raoul nous montre le pouvoir de transformation cognitive et comportementale que seule la rencontre du véritable amour peut opérer en nous. Victoire de l'amour réel sur celui du matérialisme rêvé. S'offrir du bonheur avec un minimum. On peut aimer quelque chose en quelqu'un qui ne soit pas le matériel. "Hélène avait un temps envisagé d'accomplir ce qu'elle appelait son « projet de vie ». " Car, dès le lycée, son plan de carrière avait été d'épouser un "millionnaire". Avant l'erreur d'un mariage intéressé elle a fait le pari de celui magnifié par l'amour.

Avec Sylvie et Michel « *mon cœur était glacé vous m'avez rendue à la vie* » dixit Sylvie l'amour qui guérit. Il est l'inattendu qui nous attend parfois dans une simple rencontre. Tout le mystère du choix amoureux, sa quête et sa conquête sont du domaine de l'imprévisible. Voici deux "blessés" de l'amour qui n'ont pas désespéré. Si les trahisons, les abandons amoureux mènent à l'obscurité celui retrouvé conduit à la pleine lumière ainsi la métaphore « vous êtes mon soleil Michel » n'oublions pas que l'auteur est un homme de foi ; le soleil qui illumine et fait sortir des ténèbres de la trahison amoureuse. Quelle belle leçon de patience et d'espérance au bonheur pour eux qui ont traversé le désert sentimental. Leur mariage devient une revanche comme pour dire que l'espoir triomphe toujours du désespoir. Leur bonheur présent comprend le mariage et une grossesse. Bientôt, ils seront couple conjugal et couple parental en même temps. Le bonheur n'arrive jamais seul a-t-on coutume de le dire. Ils ont décidé de faire le contre scenario de leur vie familiale pour s'offrir le bonheur d'une vie de couple harmonieux et d'être des parents responsables pour leur enfant. Ce qu'ils n'ont pas connu avec leurs parents. Michel qui a compris les leçons de la vie préconise à Sylvie un apaisement relationnel avec son père par une tolérance et l'acceptation de son orientation sexuelle. L'amour n'est-il pas tolérance et acceptation de la différence ? Faire la paix avec autrui pour une paix intérieure qui permet de se délier pour mieux se lier dans une relation équilibrée. L'auteur dans un beau style prône la communication dans les relations interpersonnelles en général et dans le couple en particulier.

L'épisode de la grossesse méconnu de Michel montre que la répétition doit être la pédagogie du couple. S'assurer que l'autre a reçu le message. Vérifions que l'autre est au même niveau d'informations que nous concernant la vie de la relation.

Ce livre est un hymne au sentiment amoureux qui traverse les intempéries relationnelles, les saisons les plus torrides de la trahison, les danses endiablées de l'abandon et qui parvient à offrir l'inespérable « *mariage désiré* » à des "désespérés sentimentaux" Michel et Sylvie. Mais nous ne saurions occulter la dimension religieuse de l'auteur qui montre l'espérance au bout des trahisons amoureuses à la fin de son œuvre. Comme une sorte de *"résurrection"* de ce sentiment amoureux ou de ce mariage désiré qu'on espérait plus. Oui l'amour est un processus et non un état. Le mariage désiré dépoussiérer de tous nos rêves amoureux et nos désirs inappropriés aux valeurs de l'amour durables se réalisera dans la simplicité comme celui de Hélène ou dans le luxe mais chaque fois avec comme colonne vertébrale L'Amour.

*Mme Odile Pohann*
*Psychopédagogue*

# 1.

Sylvie Niango jeta un coup d'œil à l'horloge de son ordinateur portable : 14 h 45. Trois quarts d'heure ! Cela faisait trois quarts d'heure qu'on l'avait abandonnée dans ce luxueux bureau de réception, devant une tasse de café maintenant froid. Son client, Michel Koffi, lui avait donné rendez-vous à 14 heures, allait-il encore tarder longtemps ?

A vrai dire, sa grossièreté ne l'étonnait pas. Elle savait qu'elle était la dernière personne au monde qu'il désirait voir. La réciproque était d'ailleurs vraie. Elle n'était guère enthousiaste à l'idée de rencontrer un homme dont le souvenir la hantait depuis qu'elle l'avait vu, six mois plus tôt. Un homme qui avait été à deux doigts d'épouser son ancienne camarade d'école, la ravissante et frivole Hélène.

Ce que Sylvie ne comprenait pas, c'était pourquoi, alors qu'il l'avait évitée pendant six mois, il lui imposait maintenant une confrontation qui lui serait aussi pénible qu'à elle.

En tout cas, s'il croyait la déstabiliser en la faisant attendre, il se trompait. Elle savait s'occuper, Dieu merci !

Pendant ces trois quarts d'heure d'attente, elle avait mis au point les détails d'un mariage à l'indienne qu'elle organisait pour un top model international. Elle avait également réussi à réconforter un prix pop-star sur le déclin qui espérait relancer sa carrière par un gala spectaculaire à l'occasion de la sortie de ce qu'elle avait reçu.

14 h 50, et toujours pas de Michel Koffi. Eh bien, tant pis pour lui ! Elle n'avait plus le temps d'attendre. Elle aussi avait des obligations pressantes, après tout !

La jeune femme éteignit son portable, le rangea et se dirigea d'un pas décidé vers la réceptionniste qui, depuis son arrivée, l'avait soigneusement ignorée.

— Je ne peux pas rester davantage. Veuillez dire à Monsieur Michel que, s'il veut me voir, je serai à mon bureau demain à partir de 10 heures.

— Oh, mais…

— Je suis attendue ailleurs. Si je ne pars pas maintenant…

La réceptionniste l'interrompit par un regard au-dessus de son épaule. Sylvie se retourna, et ses yeux tombèrent sur un large tors caché par une chemise de lin blanc dont les manches retroussées révélaient des avant-bras puissants.

Michel.

Etrange… Elle avait passé ces six derniers mois à préparer son mariage, et pourtant, c'était la deuxième fois seulement qu'elle le rencontrait. Qu'il était grand ! Songea-t-elle, contrainte de lever les yeux malgré les talons aiguilles qu'elle avait enfilés en prévision d'un après-midi difficile.

Son menton était creusé d'une fossette profonde, plus accentuée que sur les photos. Sans être adepte des mondanités, Michel, séduisant en passe d'épouser une jeune héritière de petite noblesse, était une cible de choix pour les magazines à scandales.

Cet homme dégageait un magnétisme rare, une aura d'autorité irrésistible et terriblement intimidante. La cravate desserrée et le col de chemise ouvert, il avait l'air d'avoir affronté récemment un problème dont elle ne doutait pas qu'il eût triomphé. Involontairement, Sylvie baissa les yeux, troublée comme une petite fille.

Et c'était avec cet homme que Hélène avait un temps envisager d'accomplir ce qu'elle appelait son «

projet de vie »... Car, dès le lycée, son plan de carrière avait été d'épouser un millionnaire. Un mari qui lui offrirait une maison à Cocody, un domaine à la campagne et un titre, peu importe lequel. Seule une question n'était pas sujet à négociations : le volume du compte en banque. Les études ? Très peu pour elle. Elle préférait de beaucoup investir dans ses « atouts naturels » considérables, de l'avis de tous, et réussir le mariage parfait. Lorsqu'elle avait dit cela, tout le monde avait ri. Hélène avait en effet le chic pour faire rire les gens, mais personne n'avait douté qu'elle ne mette un jour son projet à exécution.

Par deux fois, elle n'avait pas été loin d'y parvenir. Enfin, la trentaine approchante, elle avait tenté le tout pour le tout, sans abandonner toutefois sa motivation principale : l'argent.

Une question demeurait cependant : pourquoi Michel avait-il consenti à se faire l'instrument des ambitions d'une femme aussi superficielle, quoique charmante ? Charmante... La réponse était là. Comment résister à un sourire de Hélène ? Belle, drôle, sophistiquée, elle avait tout pour faire tourner la tête à n'importe quel homme.

Et bien qu'il donne l'impression d'être taillé dans le roc, Michel n'avait pu être insensible à ses charmes.

Si seulement elle avait pu en dire autant…

Lorsque, six mois plus tôt, leurs regards s'étaient croisés au-dessus des boucles blondes artistement agencées de Hélène, une bouffée de désir avait embrasé Sylvie si soudainement que, pendant quelques secondes, elle avait failli perdre toute contenance. Heureusement, sitôt le contrat signé, Michel s'était excusé et avait pris congé.

Maintenant encore, la seule pensée de ces dix longues minutes suffisait à lui mettre le feu aux joues. Pourtant, elle était une femme de tête, une femme d'affaires habituée aux situations délicates.

« Concentre-toi, concentre-toi, et surtout, évite de le regarder dans les yeux. »

— Si vous ne partez pas maintenant… ? répéta-t-il.

— J'aurai de gros ennuis.

Comme si ce n'était pas déjà le cas... Réprimant cette pensée, elle se contraignit à un sourire professionnel et lui tendit la main.

— Bonjour, monsieur Michel. J'étais justement en train d'expliquer à votre réceptionniste...

— J'ai entendu, répondit-il sans lui serrer la main. Téléphonez à la personne qui vous a donné rendez-vous et dites-lui qu'elle devra patienter.

Sylvie le regarda, interloquée. Pour qui se prenait-il ? Pensait-il vraiment qu'elle était à sa disposition, comme une simple assistante ?

— Désolée, mais c'est impossible. J'ai rendez-vous avec Bétika, la célèbre vedette. En revanche, poursuivit-elle en feuilletant son agenda, j'ai un créneau libre après-demain, à...

— Ce que vous ne comprenez pas, mademoiselle Sylvie, l'interrompit-il, c'est que je ne vous donnerai pas deux fois la chance de réparer votre fiasco. Sylvie se mordit la lèvre inférieure.

Un fiasco ? Alors qu'elle s'était démenée pour négocier les meilleures conditions d'annulation possibles ! Et encore, rien ne l'y avait obligée, si ce n'était sa conscience professionnelle.

Et puis, en quoi était-elle responsable de ce qui s'était produit ? Elle comprenait sa colère, mais elle refusait d'endosser les torts de Hélène.

— Si vous partez, dit-il encore, je vous promets que vous ne reverrez pas votre argent de sitôt.

Sans attendre sa réponse, il tourna les talons et se dirigea à grands pas vers son bureau.

Sylvie le regarda fixement. Plaisantait-il ? Apparemment non. Glaciale, sa voix accentuait la sécheresse de son visage aux traits de granit. Plus que jamais, il lui faisait penser à un volcan enneigé aux entrailles de lave bouillonnante.

Quelque chose lui disait que Michel était fait du même bois que les aventuriers des siècles passés, qui avaient cherché la gloire et la fortune sur des mers inconnues. Ce surdoué des affaires avait très tôt révélé un don pour le commerce : parti de rien, il avait fondé à sa sortie du lycée sa société d'import-export qui n'avait pas tardé à devenir un leader dans son domaine. A vingt ans à peine, il possédait son premier million. L'expression self-made man semblait avoir été faite pour lui.

Toutefois, cette réussite fulgurante n'aurait jamais effacé ses origines modestes aux yeux d'une héritière comme Hélène. Il lui manquait le savoir-vivre, la distinction d'un homme du sérail. Il n'avait pas de propriété à la campagne, pas de demeure à Cocody. Juste un grand bâtiment, et qui plus est du mauvais côté du fleuve… Lorsque Hélène lui en avait fait le reproche, il s'était contenté de rire et de se moquer de tous ceux qui déboursaient une fortune pour avoir le luxe de le regarder de l'autre rive.

Sylvie avait réprimé un sourire lorsque Hélène, exaspérée, lui avait rapporté cette anecdote. Elle avait même songé que Michel n'était pas le milliardaire le plus facile à manipuler.

Peut-être Hélène s'était-elle montrée trop ambitieuse ? Ou alors, peut-être avait-elle tout simplement été séduite par l'odeur de soufre qui entourait sa proie…

Du moins, songea Sylvie, c'était l'effet qu'il exerçait sur elle-même. Sauf qu'elle avait bien plus à perdre que Hélène dans toute cette histoire. Sa réputation, notamment. Elle avait des comptes à rendre à tous les prestataires et artisans qu'elle avait engagés pour l'organisation du mariage : des professionnels qui s'étaient acquittés au mieux de leur travail et qui attendaient d'être payés.

Sylvie se trouvait au pied du mur.

D'un geste sec, elle sortit son portable et expliqua à son assistante stupéfiée qu'elle serait en retard. L'appel ne prit guère plus de trente secondes, mais lorsqu'elle retrouva Michel, il était déjà assis à son bureau, le front appuyé sur une main, plongé dans la lecture d'un dossier. C'était une copie de celui qu'il lui avait retourné avec une note succincte lui suggérant de le transmettre au nouvel homme de son ex-future épouse.

Mais Sylvie comprenait sa réaction. Il devait avoir reçu ce dossier en même temps que la lettre de rupture de Hélène ... Elle ne pouvait s'empêcher de ressentir pour lui une certaine compassion. Elle aussi avait été abandonnée juste avant son mariage. Elle était bien placée pour savoir à quel point pareille expérience pouvait être humiliante. C'était d'ailleurs pour cela qu'elle s'était gardée d'une formule creuse du genre « Je comprends ce que vous ressentez ». Car, justement, personne ne pouvait comprendre.

Au lieu de cela, lorsqu'elle avait découvert le pot aux roses, elle s'était contentée de glisser la note ainsi qu'une énorme liasse de copies de factures dans un dossier décoré non de cloches de mariage mais du logo de l'entreprise, et elle lui avait envoyé le tout accompagné d'un courrier poli lui demandant le règlement sous vingt-huit jours.

Mais au lieu du chèque attendu, elle avait reçu un coup de fil de l'intéressé en personne, lui demandant de se présenter à son bureau le lendemain, à 14 heures précises. Il avait raccroché sans lui laisser le temps de répondre, ne lui donnant pas d'autre choix que d'annuler ou de déplacer ses rendez-vous…

Sylvie pénétra dans une vaste pièce et s'arrêta devant un long bureau. Il lui lança un bref regard acéré qui la pétrifia. De nouveau, elle se sentit comme frappée d'un éclair dont la chaleur pénétrait au plus profond d'elle-même et faisait courir des frissons sur sa peau.

Aucun homme n'avait suscité chez elle de telles émotions. Pas même Jérémie.

C'était tellement étrange… En amour comme en tout, elle s'était toujours méfiée du premier regard. Elle connaissait Jérémie, son ex-fiancé, depuis le berceau. Mais à y réfléchir, ce n'était peut-être pas le meilleur exemple...

— Vous devriez vous asseoir, mademoiselle Niango. Nous en avons pour un moment.

A tout autre client, elle aurait aussitôt répondu « Appelez-moi Sylvie », mais les circonstances ne se prêtaient pas à de telles familiarités. Elle s'assit donc en silence, le dos raide contre le dossier de son siège, intimidée comme une écolière par le froid regard fixe de Michel. Maladroitement, elle posa son dossier sur ses genoux et sortit un stylo.

Ce regard s'éternisait sur elle, impitoyable. Sylvie sentit ses joues s'enflammer. L'atmosphère lourde comme avant un orage la faisait suffoquer. Sans réfléchir, elle déboutonna le col de sa chemise.

Il attendit qu'elle fût parfaitement immobile pour prendre la parole.

— Avez-vous renvoyé l'honorable Raoul Atteméné ?

Sylvie déglutit avec difficulté.

— Monsieur Michel, il est difficile de renvoyer un employé au motif qu'il est tombé amoureux de l'une de nos clientes. Les prud'hommes prendraient très mal la chose.

— Amoureux ? répéta-t-il avec dédain.

— Eh bien, oui. De quoi s'agit-il d'autre, à votre avis ?

En tout cas, ce n'était pas pour l'argent que Hélène l'avait préféré.

— Et vos obligations envers votre client ? Car, dans votre courrier, c'est bien ainsi que vous me considérez.

Il la transperça d'un regard glacial.

— Et j'imagine que M. Raoul est parti sans laisser de traces.

Sylvie se sentit rougir jusqu'à la pointe des cheveux.

— En fait, il… Non. Il m'a demandé un congé.

Michel se renversa sur son siège, l'air peiné.

— Vous voulez dire que vous lui avez permis de s'enfuir avec une femme dont vous organisiez le mariage ? demanda-t-il après un silence interminable.

Comment lui dire que Raoul lui avait fait croire qu'il devait se rendre au chevet de sa grand-mère mourante ? Lorsqu'il était parti du bureau en compagnie de Hélène, soi-disant pour l'aider à porter ses sacs de boutiques, Sylvie avait été à des lieues d'imaginer que son amie lâchait un milliardaire pour son tout jeune assistant. Certes, Raoul était issu d'une famille aristocratique, mais il avait peu de chances d'hériter du titre de son grand-père. Et puis, comment ne pas ressentir une certaine sympathie pour ce garçon ? Si un homme de la qualité de Michel avait succombé aux charmes de Hélène, quel espoir restait-il pour un innocent comme Raoul ?

Pourtant, innocent ou pas, elle devrait se passer de ses services. Cela ne serait pas de gaieté de cœur : Raoul était un excellent collaborateur, d'une honnêteté irréprochable et qui s'y entendait mieux que personne pour calmer les clientes. Avec cela, il était doux comme un agneau. Il ne lui viendrait même pas à l'esprit de l'attaquer pour licenciement abusif.

Cependant, Michel, absorbé par la lecture du dossier, feuilletait les factures d'un air inexpressif. Sylvie, le souffle court, attendait, fascinée par ses longs doigts qui tournaient les pages… Sa main, appuyée sur son front… Son menton anguleux…

La pièce était plongée dans un silence troublé seulement par le lent bruissement des feuilles et la respiration saccadée de la jeune femme.

Michel lui jeta un bref regard. Elle était nerveuse ? Il y avait de quoi ! Jamais il n'avait été autant en colère. Ce mariage aurait été le couronnement de son ascension fulgurante, sonnant le glas de sa vie de play-boy, passant son temps à collectionner les voitures de luxe et les jolies filles. Issue d'une famille dont l'arbre généalogique remontait à Guillaume le Conquérant, Hélène personnifiait tout ce dont il rêvait : reconnaissance, respectabilité. En l'épousant, il aurait tiré un trait définitif sur ses origines modestes. L'amour avait peu de chose à voir dans tout cela. Non, il convenait davantage de parler d'échange de bons procédés : richesse contre titre. L'alliance idéale.

Et pourtant, Hélène était partie à la dernière minute avec un type contraint de travailler comme simple assistant dans l'événementiel pour assurer sa subsistance. Certes, il était d'ascendance aristocratique… Le titre prenait toujours le pas sur les milliards, ainsi qu'il en avait déjà plusieurs fois fait l'amère expérience.

De toute façon, il aurait toujours été un étranger dans cette catégorie. Ces gens-là se connaissaient tous depuis l'enfance, se mariaient entre eux… D'ailleurs, cette même Sylvie avait été chargée de l'organisation du mariage pour la simple raison qu'elle était une amie d'école de

Hélène. Le réseau, toujours…

Sylvie Niango…

Cela faisait six mois qu'il s'efforçait de se libérer de son souvenir. Pendant une heure entière, il avait en vain cherché un prétexte pour la congédier sans avoir à la rencontrer. Et tandis qu'il faisait mine d'examiner les factures étalées devant lui, il ne pouvait s'empêcher de remarquer, sous le col de chemise déboutonné, un soupçon de dentelle brune soulignant une poitrine ronde, ferme. Lorsqu'elle croisa les jambes pour redresser le dossier posé sur ses genoux, il détailla discrètement une cheville fine, un pied menu chaussé d'un soulier de daim sombre d'où dépassait un orteil peint en rouge. D'une main nerveuse, elle repoussait une mèche d'un blond sombre, sa couleur naturelle, à n'en pas douter.

Qu'est-ce qui le retenait de lui donner son argent maintenant ? Autant en terminer le plus vite possible.

Soudain, son regard tomba sur une facture.

— Un canon à confettis ? Mais qu'est-ce que c'est que cette invention ?

Se sentant perdre pied, Sylvie s'efforça de respirer calmement pour maîtriser les battements fous de son cœur.

— En fait, c'est écrit sur le paquet.

Il haussa les sourcils.

— C'est-à-dire ?

— Eh bien, il s'agit de… d'un dispositif qui projette des confettis…

Seigneur, la voilà qui bafouillait, ce qui ne lui était pas arrivé depuis des années, tout simplement parce que monsieur était mal disposé. Du calme !

— Des confettis de toutes tailles et de toutes couleurs. C'est assez… spectaculaire, achevât-elle, troublée par son silence.

Il la dévisageait comme si elle était folle. Il avait peut-être raison, après tout. Une femme capable d'écumer l'internet une journée entière à la recherche d'un éléphant à louer ne pouvait être tout à fait saine d'esprit.

— Et les « fontaines de lumière », c'est quoi, au juste ?

— Ce sont des milliers de fibres optiques agitées par une brise, explique-t-elle en imitant le mouvement d'un geste léger de la main. Et qui changent de couleur en bougeant.

Il la regarda un instant en silence avant de reprendre d'un ton sec :

— Et s'il n'y a pas de vent ?

— On utilise des ventilateurs.

— Vous êtes sérieuse ?

Sylvie remua sur sa chaise. Avec lui, la magie se dégonflait comme un ballon.

— Hélène ne vous avait-elle pas expliqué tout cela ?

Il plissa le front. Bien sûr, elle aurait dû y songer : un homme habitué à jongler avec les milliards ne s'occupait pas de telles trivialités. Il s'était contenté de laisser un chèque en blanc à sa fiancée, qui s'était investie dans son rôle avec un enthousiasme dont les seules limites avaient été les contraintes de temps et d'imagination. Si elle avait demandé la lune, elle aurait insisté pour qu'on aille la lui décrocher. Rien n'avait été épargné pour faire de son mariage un véritable rêve, et de cette journée la plus inoubliable de toute son existence.

Mais en l'espace de quelques heures, ce rêve était devenu un cauchemar, tant pour le fiancé abandonné que pour l'organisatrice. Et un cauchemar à six chiffres. Sylvie ne doutait pas qu'en homme d'affaires avisé, il comprendrait qu'elle avait des comptes à rendre à ses fournisseurs et à ses collaborateurs… Quoi qu'il en soit, elle ne repartirait pas de ce bureau sans son chèque, dit-elle y passer la nuit.

Mais devant son regard brûlant comme de la lave, elle se prit à penser que cette perspective n'était pas si désagréable que cela… Elle pencha la tête sur son dossier et fit mine de glisser une mèche derrière son oreille.

Le bureau était de nouveau plongé dans un silence étrange : le téléphone ne sonnait pas, personne ne passait la tête par la porte pour poser une question. Seuls résonnaient à ses oreilles les lourds battements de son sang, à grands coups sourds, et le bruissement des feuilles.

Il s'intéressait maintenant à la facture du

chœur…

— Ils n'ont pas chanté, objecta-t-il. Ils ne sont même pas venus.

— Nous les avions réservés depuis des mois. Je n'ai pas pu leur notifier l'annulation suffisamment tôt pour leur permettre de trouver une solution de remplacement, acheva-t-elle avec hésitation.

Il la regarda un instant en silence, puis passa à une autre facture. Celle des carillonneurs… Redoutant qu'il ne renouvelât son objection, elle retint son souffle. Il leva la tête, comme pour lui dire de respirer calmement, puis cocha de nouveau la liste. Sylvie se détendit un peu. Après tout, il ne passerait pas autant de temps sur ces factures s'il n'avait pas l'intention de payer…

Maman Noëlle qui devait amener Hélène à l'église : O.K.

Bien sûr, il était furieux et, faute de pouvoir s'en prendre à son ex-promise, c'était elle qui essuyait ses foudres. Si ce n'était que cela, ce n'était pas trop grave, songea-t-elle en s'éventant avec une facture.

La calèche pour conduire les mariés de l'église à la salle de réception : O.K. Les serveurs chantants…

C'en était assez !

Michel se passa la main dans les cheveux. Il en avait assez. Allez, signer ce chèque et tirer un trait sur toute cette histoire. Il leva les yeux et considéra avec fixité les joues colorées d'une rougeur délicate.

— Avez-vous trop chaud, mademoiselle Niango ? remarqua-t-il comme elle s'éventait avec l'une de ses maudites factures.

— Non, non, je vais bien, dit-elle en rangeant précipitamment la facture dans le dossier.

La tête baissée, elle ajusta sa jupe étroite et croisa de nouveau ses longues jambes, désireuse, de toute évidence, d'en finir le plus vite possible.

Pas encore, songea-t-il en se dirigeant vers une fontaine à eau fraîche.

Sylvie entendit le craquement du cuir du fauteuil puis, quelques secondes plus tard, le bruit léger d'un verre qu'on remplissait. Machinalement, elle passa la langue sur ses lèvres sèches et regarda son client. A contre-jour, le désordre de sa chevelure ressortait encore mieux. Elle se sentit prise de l'envie étrange de remettre ces longues mèches sombres en place, de le soulager de cette tension qui crispait ses épaules... De le consoler.

Mais le silence était chargé d'une telle électricité qu'une parole, un geste maladroit auraient suffi à causer une explosion. Elle se força donc à baisser les yeux vers son dossier.

— Tenez. Cela vous fera sans doute du bien.

La jeune femme redressa la tête avec un sursaut. Debout devant elle, Michel lui tendait un verre d'eau. Elle ne l'avait pas entendu s'approcher. Balbutiant un timide « merci », elle prit le verre en veillant à ne pas toucher ses doigts, mais elle tremblait tellement qu'elle renversa quelques gouttes sur sa jupe. Il se pencha vers elle et enveloppa sa main de la sienne. A ce contact, Sylvie crut que son cœur allait s'arrêter de battre.

— ça va, ça va, bredouilla-t-elle.

Elle leva les yeux vers lui et, soudain, n'eut plus du tout envie qu'il retire sa main.

— Je vous assure, dit-elle pourtant.

Il se redressa et retourna s'asseoir d'un pas léger de panthère.

Non. Une panthère était loin d'être aussi dangereuse que lui, songea-t-elle en posant le verre froid contre son front fiévreux.

Allons, un peu de sang-froid !

# 2.

— Finissons-en, voulez-vous ? dit-il en retournant à son bureau.

Sylvie fulminait.

En finir ? Mais c'était lui qui laissait traîner cette malencontreuse affaire ! Pourquoi leur imposait-il un tel supplice à tous les deux ? Pour l'argent ? Non. Quoique importantes, les sommes impliquées étaient dérisoires au regard de sa fortune. Alors, quoi ? Désirait-il venger sa fierté blessée ? On aurait dit qu'il compulsait ces factures pour se prouver qu'en amour, toute confiance était impossible… à supposer que Hélène lui ait dit qu'elle l'aimait.

— Les serveurs chantants ? demanda-t-il. Sylvie posa son verre et reprit son dossier.

— J'y suis.

Il y eut un dangereux silence et elle leva les yeux, dans la crainte d'une remarque démoniaque. Mais il se contenta de secouer la tête et de passer à une autre facture. Sylvie poussa un soupir de soulagement… prématuré.

— Des colombes ? C'est si cher que cela ?

Pourquoi diable posait-il cette question ?

— J'en ai bien peur, répondit-elle. Le blé n'est pas gratuit, vous savez…

De nouveau, il la regarda longuement, comme pour lui demander de s'abstenir de tout commentaire ironique. Judicieux conseil, d'autant plus qu'ils arrivaient aux cadeaux des demoiselles d'honneur. N'ayant reculé devant aucune dépense, Hélène avait choisi pour chacune des bracelets chez l'un des meilleurs bijoutiers de Abidjan.

Pendant quelques secondes, la pointe du stylo hésita sur la liste. Enfin, la sentence tomba :

— Renvoyez-les.

— Quoi ? Non, attendez. C'est impossible !

Il leva les yeux.

— Ah bon ? Et pourquoi donc ?

Incroyable ! S'était-il un tant soit peu intéressé à son mariage ?

Sylvie soupira.

— Parce qu'ils sont gravés de vos deux noms et de la date du mariage.

Il y eut un silence.

— Ils étaient censés être un souvenir.

— Vraiment ? Donc, ajouta-t-il après une courte pause, où sont-ils, ces fameux souvenirs ?

Elle se sentit rougir.

— C'est Hélène qui les a, expliqua-t-elle d'une voix précipitée. Elle les avait enveloppés d'un papier cadeau pour que vous les offriez aux demoiselles d'honneur avant la cérémonie. Vous... saviez qu'un dîner de pré-mariage était prévu, n'est-ce pas ?

— Je l'avais noté dans mon agenda. De même que mon mariage lui-même.

Sylvie leva les yeux vers lui. Quelque chose dans le regard de Michel lui alla droit au cœur, à tel point qu'elle eut toutes les peines du monde à lutter contre l'envie de lui serrer la main, de lui dire que tout finirait par s'arranger.

Mais tout de suite, il reprit une contenance glaciale.

— Il y avait aussi des boutons de manchettes pour les garçons d'honneur. Et pour vous.

— Avec nos noms gravés à l'intérieur ?

— Non, juste la date.

— Utile, si je venais à l'oublier, remarqua-t-il avec une expression inattendue qu'elle interpréta comme un sourire.

Elle avala une nouvelle gorgée d'eau.

— Je suis sûre que Hélène vous les rendra.

Oui, lorsqu'elle daignerait réapparaître. A coup sûr, elle n'hésiterait pas une seconde à vendre son histoire au magazine people le plus offrant. Sans les milliards de Michel, elle aurait besoin de cet argent.

Cependant, il continuait de regarder Sylvie de cet air étrange.

— Vraiment ? reprit-il après un long silence. Admettons qu'elle me les renvoie, qu'en ferais-je, d'après vous ? Les revendre sur l'internet ? Oubliez ce que je viens de dire, soupira-t-il comme elle ouvrait la bouche pour protester.

Ce fut le gâteau qui eut raison du calme glacial de Michel. Au lieu d'une création en chocolat blanc ou d'une de ces mignardises individuelles tellement à la mode, Hélène avait opté pour le traditionnel gâteau aux fruits : une merveille à trois étages, nappée d'un glaçage exquis et décorée du blason des Harcourt et du logo de la société de Michel.

Paradoxalement, ce choix avait rassuré Sylvie. Pendant tous les préparatifs du mariage, Hélène avait eu l'air de jouer à la mariée, telle une petite fille qui s'amusait avec une boîte à costumes et le maquillage de sa mère, ou, en l'occurrence, avec le compte bancaire d'un milliardaire. Or, ce gâteau laissait suggérer qu'elle envisageait son mariage avec un peu de sérieux. Du moins, peut-être…

— Où se trouve cette monstruosité ?

— Le gâteau, vous voulez dire ?

— Bien sûr, le gâteau ! Quoi d'autre, à votre avis ? Qu'en a-t-elle fait, à part essayer de le refiler à un autre gros naïf ?

— Monsieur Koffi Michel, je ne vous permets pas ! Mes collaborateurs sont des hommes et des femmes honnêtes, travailleurs et dignes de confiance. Et puis, qui voudrait d'un gâteau de mariage d'occasion ?

— Qui voudrait d'une mariée d'occasion ?

marmonna-t-il entre ses dents.

Il marqua une pause pénible avant de reprendre :

— Donc, qu'est-il advenu de ce gâteau ?

« Oh, vraiment, quelle importance ? » fut-elle sur le point de lâcher, exaspérée.

Toutefois, elle ne pouvait lui donner tort. Malgré sa réussite, Michel n'avait jamais oublié ses origines modestes et s'effarait des sommes folles gaspillées dans ce fiasco. Pour lui, un « détail » comme ce gâteau avait toute son importance.

— Il attend chez le pâtissier, dit-elle enfin.

— Dans ce cas, téléphonez-lui pour lui dire de me le livrer chez moi ce soir. Immédiatement, mademoiselle Niango, ajouta-t-il comme elle le regardait sans rien faire.

La jeune femme s'exécuta tout en se demandant ce qu'il pourrait bien faire de cinq kilos de fruits confits, de pâte d'amandes et de glaçage. Bah, ce n'était pas son problème… Il aimait peut-être le gâteau aux fruits. Sinon, il n'aurait qu'à le donner aux canards !

La liste continuait avec une multitude de babioles : menus, plans de tables, confettis, bougies, pétards et autres papillotes remplies de petits cadeaux pour chacun des invités… Hélène n'avait négligé aucun détail dans l'organisation de ce qu'elle désirait être le mariage le plus incroyable, le plus extravagant de l'année.

Michel survola cette liste sans broncher jusqu'à la dernière facture : celle de ses honoraires, qu'elle avait baissés de vingt pour cent.

— Vous n'offrez pas de garantie de remboursement ?

— Tous les services de ma société comportent une garantie.

— Même contre les vols de fiancée ?

Sylvie s'abstint de sourire.

— Malheureusement, non, monsieur Koffi Michel. Ce qu'il est advenu de votre fiancée n'est pas de notre ressort.

— C'est vrai. Mais vous passez peut-être à côté d'un créneau commercial, observa-t-il en rédigeant le chèque. Comme les choses seraient simples si l'on pouvait choisir la fiancée idéale dans un catalogue !

— Comme pour une machine à laver ? Une voiture ? demanda-t-elle en s'interrogeant sur ses propres exigences en la matière. Une fiancée qu'on choisirait pour ses performances, pour sa silhouette, son esthétique…

— Tout à fait. Même si, remarqua-t-il en détachant son chèque du carnet, les femmes et les voitures de luxe coûtent très cher à l'entretien et prennent une sacrée décote !

Il regardait le chèque sans le lui tendre.

— Vous avez tout de même fait une bonne affaire, mademoiselle…

— Je ne suis pas cynique à ce point, monsieur Koffi.

Comme il ne se décidait pas à lui donner son chèque, elle entreprit de ranger ses feuilles avec une lenteur et un calme ostensibles, pour bien lui prouver qu'elle était maîtresse d'elle-même, qu'elle ne songeait pas du tout à prendre son argent et à partir le plus vite possible. Ses affaires enfin rassemblées, elle le regarda de nouveau.

— De toute façon, un mariage organisé par l'association est un événement qui ne se présente pas deux fois dans une vie.

— Heureusement…

Sans la quitter du regard, il plia le chèque et le glissa dans la poche de sa chemise. Incrédule, Sylvie le regarda se lever et se diriger vers la porte.

— Allons-y, voulez-vous, mademoiselle Niango ?

— Où donc ? demanda-t-elle en se levant lentement.

— Eh bien, chercher toutes ces babioles inutiles que je dois vous payer.

Hein ? Etait-ce vraiment nécessaire ? D'autant plus qu'elle avait d'autres engagements. Ses employés pouvaient se débrouiller sans elle, mais maman Noëlle ne lui pardonnerait jamais de lui avoir posé un lapin.

— Je... je suis à votre disposition pour vous les faire livrer, dit-elle d'une voix rapide.

— Pourquoi pas, si cela est plus pratique pour vous.

Le soulagement de Sylvie fut de courte durée.

— Je suppose que vous n'allez pas me faire payer la livraison ?

— Non, non.

Il hocha la tête.

— Je quitte la ville ce soir, mais nous pouvons terminer tout ceci le mois prochain, à mon retour.

Le chèque peut attendre jusque-là.

Quoi ? !

— Je vous passerai un coup de fil à mon retour.

Qu'en dites-vous ?

Un coup de fil !

— Vous plaisantez, j'espère ! J'ai annulé tous mes rendez-vous de cet après-midi pour vous et vous m'avez fait attendre une heure. Et ce soir, je suis invitée à une fête…

— Votre vie sociale ne m'intéresse pas.

— Je n'ai pas de vie sociale !

— Vraiment ?

Il l'enveloppa d'un bref regard qui glissa sur elle comme une caresse intime, infiniment troublante… Tremblante, elle s'efforça de se reprendre.

— Vraiment. Ce genre de sortie fait partie de mon travail. De plus, ma voiture ne peut pas aller à deux endroits à la fois.

Il sourit, un sourire presque imperceptible, qui naissait au coin de sa bouche et allumait dans ses yeux un feu étrange, fascinant.

— Pas de problème, dit-il. Je vous en propose une pour un tarif raisonnable.

Suffoquée, elle le regarda fixement avant d'acquiescer d'un bref signe de tête.

Ils descendirent dans un silence glacial jusqu'à un parking souterrain dans lequel semblait les attendre une camionnette sombre barrée du logo de l'entreprise de Michel: TMF, en lettres dorées dans un cartouche. Au passage, la jeune femme remarqua une Aston Martin noire et rutilante : tout à fait le genre du personnage. En matière de voitures comme de femmes, il avait les mêmes goûts, tape-à-l'œil et futiles. Hélène avait eu tort de le laisser tomber. Il la méritait bien !

Michel ouvrit la portière du conducteur et lui tendit les clés. Elle les regarda un moment sans rien dire. Conduire la camionnette ? Pourquoi pas, après tout, si cela lui permettait de reprendre un tant soit peu le contrôle de la situation. De toute façon, il allait lui facturer l'utilisation du véhicule. Oui, mais d'un autre côté, elle avait également nourri l'espoir qu'en bon macho, il l'aiderait à charger et décharger toute la marchandise. Peut-être se leurrait-elle. Il pouvait aussi bien trouver un malin plaisir à lui compliquer la tâche. Elle regrettait maintenant de lui avoir accordé un rabais. Elle aurait amplement mérité ces vingt pour cent supplémentaires.

— Je vous aurais bien accompagnée mais il faut que j'aille récupérer ce gâteau, dit-il avec un sourire moqueur. Voulez-vous que je vous aide à monter ?

— Non, merci.

Elle lui prit les clés d'un geste sec et jeta son sac sur le siège passager.

— Je possède moi-même une camionnette comme celle-ci et je l'utilise souvent pour les livraisons.

— En jupe de tailleur et talons hauts ?

Comme elle le foudroyait du regard, il haussa les épaules, l'air de dire : « Comme vous voudrez », et recula.

— Ce n'est pas moi qui me plains, de toute façon, remarqua-t-il, narquois.

Bien sûr ! Pour grimper dans l'habitacle, elle avait dû remonter sa jupe et dévoiler ses longues jambes gainées de dentelle. Ce goujat n'avait pas perdu une miette du spectacle.

Sans lui accorder un regard de plus, elle referma la portière, rajusta sa jupe et démarra.

Il ne fallut pas moins de trois heures à Sylvie pour s'acquitter des démarches qu'il lui avait imposées. Etrangement, loin de l'intimider, la perspective de retrouver Michel lui inspirait une impatience mêlée d'excitation. Elle éprouvait un délicieux frisson à l'idée de se livrer au charme électrisant de ce séducteur-né. Pour la première fois depuis des années, elle se sentait féminine, désirable.

Une fois arrivée, elle lui téléphona pour pouvoir accéder au parking. Elle n'eut pas le temps de se garer qu'il était déjà descendu la rejoindre.

— Eh bien, vous en avez mis, du temps !

Elle lui jeta un bref regard de colère.

— ça va ! Je peux me débrouiller, lâcha-t-elle comme il ouvrait la porte et lui tendait la main pour l'aider à descendre.

— Je sais. Mais comme j'ai déjà vu vos sous-vêtements, cette fois-ci, nous allons procéder à ma manière, d'accord ?

— Goujat ! lança-t-elle.

Il ne jugeait même pas ses jambes dignes d'un second regard !

Les yeux de Michel étincelèrent.

— Tout à fait. Votre amie ne vous avait-elle pas dit ce qu'elle aimait le plus, chez moi, après l'argent ? Le risque… Le sentiment, pour la première fois de sa vie, de flirter avec le danger…

Il s'approcha d'elle si près qu'elle sentit son souffle sur sa joue. Un long frisson parcourut la jeune femme.

— De jouer avec le feu, murmura-t-il.

La bouche sèche, Sylvie le contemplait avec fascination.

— Mais d'un autre côté, vous n'avez rien d'une dame, mademoiselle Niango, sinon, vous auriez accepté mon aide, n'est-ce pas ? Donc, je vous le redemande, avez-vous besoin d'un coup de main ?

Un brusque accès de colère s'empara de la jeune femme.

— Seulement pour décharger ces boîtes.

Elle n'avait pas besoin de remonter sa jupe pour descendre. Il lui suffisait de pivoter les jambes et de se laisser glisser, mais puisqu'il semblait décidé à la pousser à bout, elle n'allait rien faire pour lui simplifier la tâche. Délibérément provocatrice, elle posa les mains sur le bord de sa jupe, comme pour la remonter.

Elle n'en eut pas le temps. Anticipant son geste, Michel lui saisit les hanches et la souleva. Elle s'accrocha à ses épaules en poussant un petit cri de surprise.

Les mains de Michel s'attardèrent sur les formes pleines de la jeune femme. A bout de bras, sa silhouette était encore plus affriolante. Elle aurait été divine dans une tenue moulante… ou sans rien.

Ils demeurèrent un instant immobile, cramponnés l'un à l'autre, le souffle court. Une longue mèche blonde glissa sur la joue de Michel qui resserra son étreinte. Tout naturellement, sa main s'insinua sous le chemisier de soie chocolat, son pouce caressa la dentelle d'un soutien-gorge bien rempli. Le souffle rauque, Sylvie se laissait faire. Elle s'alanguit contre lui, la bouche entrouverte en une invite muette.

Etait-ce le frisson qui la parcourut ? La langue dont elle humecta sa lèvre pleine ? Le gémissement sourd qui lui échappa ? Ou était-ce l'accomplissement inévitable, explosif, de cette rencontre électrisante dont le souvenir le hantait depuis six mois ?

Leurs lèvres se joignirent et leurs corps s'embrasèrent comme de la paille sèche. Par miracle, ils arrivèrent à l'ascenseur qui monta en flèche jusqu'à l'appartement de

Michel tandis qu'ils s'arrachaient leurs vêtements dans un corps à corps frénétique, avides l'un de l'autre.

Posté devant la fenêtre, Michel contemplait d'un œil distrait le panorama. Voilà plusieurs semaines déjà qu'il était parti à l'autre bout du monde, fuyant le souvenir d'une femme. A la dernière minute, il avait annulé son voyage pour sauter dans le premier car. Arrivé à Gagnoa, il s'était immédiatement replongé dans le travail.

Un signal sonore annonça l'arrivée d'un courriel. Il s'assit avec un soupir. C'était sa secrétaire qui lui écrivait. La lecture du message lui arracha un juron. Une carte postale était posée à côté de l'ordinateur. « J'aurais aimé que vous soyez ici », lut-il à mi-voix avant de la déchirer.

Tout va bien…

C'était par ces paroles que Sylvie avait pris congé de Michel. Des paroles auxquelles ce test de grossesse positif donnait un sens tout à fait ironique…

Lorsqu'elle avait cherché à le joindre pour lui annoncer la nouvelle, sa secrétaire lui avait appris qu'il était parti plusieurs semaines à Gagnoa. Sylvie avait raccroché avec un serrement de cœur : c'était là qu'il aurait dû passer sa lune de miel avec Hélène. Les instants de magie qu'ils avaient vécus ensemble ne voulaient donc rien dire pour lui ?

D'ailleurs, il ne lui avait plus donné signe de vie. Il devait l'avoir oubliée. Sans doute avait-il pensé qu'elle avait pris ses précautions. Auquel cas, il n'avait pas tort : elle avait en effet songé à recourir à une contraception d'urgence en passant devant une pharmacie, mais elle en était sortie avec une nouvelle brosse à dents.

C'est qu'entre-temps, une autre pensée lui était venue. A l'aube de la trentaine, une grossesse n'aurait rien d'une mauvaise nouvelle. Pour elle, du moins.

Quant au père de l'enfant… Autant ne plus y penser.

Elle avait toutefois reçu par la poste un chèque accompagné d'une note écrite à la machine : « Pour solde de tout compte », suivi d'initiales indéchiffrables. Il n'avait pas tenu compte des vingt pour cent qu'elle lui avait pourtant consentis. Afin d'avoir le dernier mot, sans aucun doute.

Par fierté, elle avait tenu à lui rembourser cette réduction, mais une secrétaire lui avait répondu par courrier que l'erreur était volontaire de la part de M. Michel.

Officiellement, donc, elle n'avait plus rien à voir avec lui. Mais il avait le droit de savoir qu'il allait devenir père... Forte de cette pensée, Sylvie s'arma de courage pour lui téléphoner à son bureau. On l'informa qu'il n'était toujours pas rentré de congé.

A la réflexion, une lettre ferait mieux l'affaire. Installée à son bureau, la jeune femme arracha une page blanche d'un bloc-notes, décapuchonna un stylo dont elle mordit l'extrémité.

Une heure plus tard, la lettre n'était toujours pas commencée.

Comment dire à un homme qu'elle connaissait à peine qu'elle était enceinte de lui ? Comment expliquer à un célibataire qui semblait n'avoir aucun désir d'enfant que cette grossesse était la chose la plus magique qui lui soit jamais arrivée ? Comment lui faire partager sa joie, son émerveillement ? Comment lui faire comprendre que, tout à coup, sa vie avait trouvé un sens ?

Allons, pas de radotages. Mieux valait rester concise, factuelle, neutre. Ensuite, libre à lui de prendre sa décision.

Elle se mit à écrire.

« Cher Michel, »

Non. Trop familier. Trop chargé de souvenirs, aussi. C'était ce nom qu'elle avait crié lorsqu'il l'avait amenée au sommet du plaisir.

S'efforçant de songer aux vingt pour cent d'abattement, elle poursuivit :

*Cher Monsieur Koffi,*

*Je vous écris pour vous apprendre qu'à la suite de notre...*

Notre quoi ? Comment évoquer cette tendresse inattendue qu'il avait eue pour elle ? Les larmes qu'elle avait versées ? Il n'avait pas compris pourquoi elle pleurait, mais quoi d'étonnant ? « Tout va bien », avait-elle seulement trouvé à dire. Et c'était vrai, d'ailleurs. Pendant cet instant magique, tout allait si parfaitement, merveilleusement bien. Elle le lui aurait d'ailleurs dit, si le pâtissier n'était pas arrivé sur ces entrefaites pour livrer le gâteau et si son assistante n'avait pas choisi ce moment pour lui téléphoner...

Elle avait donc dû ramasser ses affaires à la va-vite et partir en coup de vent, s'excusant d'un « Il faut que je m'en aille ».

Avec un soupir, elle reprit sa lettre :

*« ... à la suite de notre récente rencontre, j'attends un enfant pour juillet. »*

Voilà ! C'était clair, net et sans ambages. Mais tellement éloigné du tourbillon d'émotions qu'elle avait ressenti en lisant le test de grossesse...

*« N'allez surtout pas croire que je vous tiens pour responsable de mon état. Le choix de cette grossesse revient à moi seule, et je suis parfaitement capable de subvenir aux besoins de mon enfant. Je ne vous écris pas pour réclamer quoi que ce soit de vous, mais seulement pour vous informer que vous allez devenir père. Si vous souhaitez faire partie de la vie de cet enfant, j'accueillerai volontiers votre contribution sans aucun sentiment d'obligation envers moi.»*

*Soyez assuré que je ne chercherai plus jamais à vous joindre et que, si nos chemins devaient se croiser, je n'évoquerais jamais ce sujet. En l'absence d'une réponse de votre part, j'en déduirai que vous ne désirez pas intervenir dans la vie de cet enfant.*

Qu'ajouter d'autre, à part les formules de politesse d'usage ? Qu'elle ne l'oublierait jamais ? Qu'il avait brisé le mur protecteur qu'elle avait érigé autour d'elle depuis que Jérémie l'avait abandonnée, juste avant leur mariage ? Qu'elle lui en serait éternellement reconnaissante, ainsi que du don qu'il lui avait fait de ce bébé ?

Non. Tout cela ne le regardait pas, au fond. Et puis, elle ne voulait surtout pas qu'il reconnaisse cet enfant par culpabilité. S'il ne lui répondait pas, au moins, elle épargnerait à son enfant la désillusion que son propre père lui avait fait subir.

Une larme tomba sur le papier et brouilla l'encre. Allons, elle était ridicule. Elle n'avait aucune raison de pleurer. Essuyant ses larmes avec ses paumes, elle prit une feuille blanche et recopia son brouillon, puis glissa la lettre dans une enveloppe qu'elle ne timbra pas, préférant la déposer directement dans la boîte de Michel pour être sûre qu'elle ne se perdrait pas ou qu'elle ne tomberait pas entre des mains indiscrètes. Cette besogne effectuée, elle rentra chez elle pour commencer à réfléchir à la manière dont elle allait arranger sa vie. Sa nouvelle vie.

Le prochain car allait partir dans une heure.

Après quatre mois de pérégrinations à travers les villes de la Cote d'Ivoire, Michel rentrait enfin. Cela faisait quatre mois qu'il fuyait le souvenir, gravé dans son cerveau, de

Sylvie Niango et de ses larmes silencieuses. Ils ne pouvaient pas en rester là. Dès aujourd'hui, il allait la retrouver et la supplier de lui pardonner.

Avant de faire vérifier son billet de car, il s'arrêta à une librairie pour acheter de quoi lire pendant la longue route qu'il allait prendre et s'immobilisa brusquement dans les rayons : sur une couverture de magazine, le visage qui l'obsédait jour et nuit depuis tant de mois le regardait avec un sourire serein. « Heureux événement pour Sylvie Niango ! », proclamait la légende. Un bébé ? ... De lui ? Aussitôt, un irrésistible sentiment de toute-puissance l'envahit. Sur la photo, rien n'indiquait qu'elle était enceinte, mis à part cet éclat particulier qu'ont dans le regard les femmes qui portent la vie. Il ouvrit le magazine à la page de l'article et reçut un coup au cœur : Sylvie posait en double page en compagnie d'un homme grand. Un texte accompagnait la photo : Les retrouvailles de Sylvie Niango avec son amour de jeunesse.

Notre organisatrice d'événements préférée, qui vient d'annoncer qu'elle attend un bébé, est vue ici avec Jérémie, récemment divorcé. Promis l'un à l'autre dès leur enfance, leurs projets de mariage avaient été mis en suspens par le décès brutal du grand-père de Sylvie. Quelle joie de les voir réunis dans le bonheur ! Abasourdi, Michel lut deux fois le court passage avant de reposer le magazine et de se diriger vers le guichet pour changer son billet.

— Où désirez-vous aller, monsieur Michel ?

— Peu importe.

# 3.

Madeleine se jeta de tout son long sur le canapé acheté à grands frais pour les clients de Sylvie.

Celle-ci la regarda avec un sourire :

— Tu t'es couchée tard ?

— Plus que tard. Mais la fête était une réussite. Tout le monde était ravi ! De toute façon, ta réputation d'organisatrice de mariages n'est plus à faire.

Au mot mariage, Sylvie fit la grimace :

— Je suis avant toute chose une organisatrice d'événements, Samuel. Je te rappelle que notre entreprise s'appelle Reine-Ivoire. Les mariages sont des missions comme les autres, précisa-t-elle avec un sourire contraint. Donc, à en juger par ta réaction, tout s'est déroulé comme prévu, hier ?

En d'autres termes, la mariée n'a pas fait faux bond à la dernière minute…

Madeleine joignit les mains d'une manière solennelle qui jurait avec sa coiffure punk, violette également.

— Oh, je t'en prie ! Quel Evénement Reine-Ivoire pourrait bien ne pas se dérouler comme prévu, je te le demande ?

— Mon grand-père disait toujours que, dans une bataille, la première victime, c'est « le plan ».

Elle posa la main sur son ventre rebondi, preuve vivante de son petit sermon.

— Quel grand-père ? Le colonel en chef ?

— Bien sûr. Je ne parle pas de mon grand-père Simon-pierre. Pour lui, « avoir un plan », cela voulait dire avoir assez de champagne pour tenir un siège et laisser aux autres les soucis.

Et le soin de régler la note. Malgré tout, quel homme adorable…

— Tu finiras par apprendre que, dans notre métier, il faut laisser les émotions de côté, conclut-elle tandis que, une lettre à la main, elle cochait soigneusement les cases d'une des nombreuses fiches qui tapissaient les murs de la pièce.

La main sur le dos, elle se redressa lentement.

— ça va ? s'enquit Madeleine. Assieds-toi un peu. Je peux m'occuper de tout cela.

— C'est fait, répondit-elle avec un geste de la main. Parle-moi donc du mariage.

— Mais je t'ai déjà dit : tout était parfait. Tu ne repenses pas encore à cette fille qui a plaqué son fiancé à la dernière minute ? reprit-elle après un silence.

— Non !

Sylvie soupira et se ressaisit.

— Non. Aussi regrettable que soit cet incident, nous ne pouvions en être tenus pour responsables. Même si la mariée est partie avec l'un de nos collaborateurs.

— Et alors ? Ce n'était pas ta faute ! Seigneur, cette histoire remonte à six mois. Je parie que le marié lui-même ne doit déjà plus y penser.

— Tu crois ? Soupira-t-elle. Faisons le point sur le mariage d'hier, veux-tu ?

Devant son air absent, Madeleine la regarda avec inquiétude.

— Ecoute, Sylvie, si tu ne me fais pas confiance, quelqu'un d'autre pourrait aussi…

— Comment ? fit-elle, revenant à la réalité. Oh, Madeleine… Bien sûr que je te fais confiance ! Autrement, je ne t'aurais pas confié un événement d'une telle importance. Et puis, je savais que tu préférerais organiser un mariage sur la Côte d'Azur plutôt qu'une conférence à l'université sur le droit des femmes. Donc, tout s'est déroulé sans aucune anicroche ? Personne ne viendra contester la note ?

— Si je ne te connaissais pas, Sylvie, je te prendrais pour une cynique.

— Je t'assure que je ne fais pas ce métier pour mon plaisir.

— Bien sûr. Comme si tu ne remuais pas ciel et terre pour faire en sorte que tout soit parfait jusqu'au moindre détail et que chaque mariage soit inoubliable !

— Je m'applique à bien faire mon travail, Madeleine. Ni plus ni moins.

— Tu es perfectionniste, c'est sûr. Mais pour un mariage, tu t'investis encore plus.

— Disons que je me fais davantage de souci. Ce n'est pas comme pour une conférence ou une fête d'entreprise. Si quelque chose ne marche pas, on ne peut pas se dire : « Oh, ce n'est pas grave. Les feux d'artifice seront mieux la prochaine fois. » Enfin, je n'espère pas.

— Je le savais ! Derrière cette façade glaciale se cache un cœur d'artichaut !

— Ne dis pas de bêtises. Ce n'est pas avec de bons sentiments qu'on paye ses factures.

Elle se passa la main sur le visage avec lassitude.

— Donc, tout s'est bien passé ?

— Tout s'est super bien passé, dit Madeleine en se levant. Tout était parfait, de l'arrivée de la mariée dans un carrosse de conte de fées au dernier tir de feux d'artifice. Au fait, ajouta-t-elle, tu as eu tout à fait raison de ne pas écouter la mariée au sujet des tresses dans les queues des chevaux.

— Pourtant, si je me souviens bien, lorsqu'elle a piqué une colère, tu m'as dit : « Donne-lui ce qu'elle veut, à cette idiote » !

— Je n'ai pas ton élégance, Sylvie, soupira Madeleine.

— Dans un mariage, on est toujours tenté d'en faire trop. En cas de doute, pense : « boucles ou plumes ». Si tu portes un chapeau à plumes, qui remarquera tes boucles ?

— Tu vois ? Moi, j'aurais penché pour les deux.

Sylvie sourit. Hélène aussi n'avait pu choisir entre les plumes, les boucles et tout le reste. Et pourtant, lorsqu'elle avait rencontré le véritable amour, elle s'était contentée du strict minimum : deux témoins et le maire. Mais l'opposition de la famille de Raoul à ce mariage expliquait sans doute cette sobriété...

Quelques semaines auparavant, ils lui avaient envoyé une photo avec un mot d'excuse de la part de Hélène et la lettre de démission de Raoul. Manifestement, il espérait que Sylvie le réintégrerait dans son équipe, mais elle avait résisté à la tentation. De toute façon, peu de temps après, il était entré chez un concurrent.

— Là n'est pas le problème, Madeleine, reprit-elle en s'efforçant d'écarter le souvenir de Hélène et Raoul. Tu en imposes et personne ne songerait à se moquer de toi.

Michel, en particulier, ne lui aurait pas posé le moindre problème.

— Et tu t'y entends comme personne pour gérer ce qu'il se passe en coulisses. Je n'ai jamais regretté un seul instant de t'avoir engagée.

Madeleine ouvrit de grands yeux, avala sa salive et murmura un timide « merci », puis jeta un coup d'œil aux papiers que Sylvie tenait dans sa main.

— Ah, je vois que tu as trouvé un nouveau joueur de cornemuse !

— Oui. Espérons qu'il ne viendra pas à l'idée de celui-ci de se casser une jambe avant le grand jour lors d'une promenade en montagne. Il ne reste plus que le menu à mettre au point et, comme les Rolling Stones ne sont pas vraiment dans nos prix, à trouver un groupe de rock qui jouera leurs reprises pour replonger les invités dans leur jeunesse tumultueuse. Au fait, y a-t-il eu des problèmes avec le traiteur ?

— Enfin, Sylvie, je t'ai dit cent fois que tout était parfait !

— La perfection n'existe pas, sourit-elle. Trouve-moi un tout petit détail qui clochait et j'arrêterai de m'inquiéter.

Madeleine haussa les épaules.

— Bon, si tu veux vraiment tout savoir, les chevaux se sont soulagés devant l'église. Satisfaite ? — Tout à fait satisfaite. Quelqu'un a nettoyé ? Le visage de Madeleine s'épanouit d'un large sourire.

— Oui ! Par chance, le sacristain espérait une enveloppe pour ses roses et il est arrivé tout de suite armé d'un seau et d'une pelle. Bref, dit-elle, la main levée pour décompter sur ses doigts, pour te rassurer complètement, les roses du sacristain étaient divines, les choristes ont chanté comme des anges, le repas était sensationnel, ce traiteur est une vraie trouvaille, le quatuor à cordes a joué juste, nous avons eu un soleil magnifique... Ayant baissé tous ses doigts, elle haussa les épaules.

— Que veux-tu d'autre ?

Sylvie s'apprêtait à énumérer sa propre liste lorsque le téléphone sonna. Elle jeta un coup d'œil à l'appareil pour voir le numéro de l'appel et décrocha.

— Bonjour, Laure. Vous allez bien ?

— Très bien, Sylvie, merci, mais comme d'habitude, j'aurais un petit service à vous demander.

— Laissez-moi deviner. Vous avez besoin de l'association pour la vente aux enchères du prochain repas du Club ?

— Non... Enfin, si, bien sûr, du moment que vous le proposez. Nous avons fait une quête, l'année dernière, à ce sujet...

— Gardez votre argent. J'agirai à titre bénévole.

— C'est très généreux de votre part, Sylvie.

Merci. Je vais le noter dans les comptes.

Elle s'interrompit le temps d'écrire.

— Donc, relança Sylvie, quel est ce petit service ?

— Ah, oui ! En fait, c'est un gros service que je vous demande, même s'il devrait vous permettre de joindre l'utile à l'agréable.

— Ah bon ? Je vous écoute, dit-elle en s'asseyant et en tirant une feuille blanche.

— Vous n'allez pas me croire, mais je viens de recevoir un coup de téléphone du magazine Célébrités. Ils veulent rédiger un article sur notre association à l'occasion de notre Fête du Mariage. Ils veulent même nous faire un don généreux en échange de notre coopération.

— Vraiment ? Pourtant, ils ne payent que les exclusivités. Par ailleurs, la presse locale ne va pas être contente.

— Je sais, mais ils n'empiéteront pas sur la couverture locale. Pour les dix ans du Club, nous avons voulu marquer le coup et les gens de Célébrités nous ont fait une offre très généreuse. Ils ont toujours eu un faible pour votre mère. Ses fêtes étaient toujours si réussies…

— Oui, c'est vrai… Donc, que voulez-vous de moi ?

— Eh bien, votre mère est la fondatrice de notre organisation caritative.

— Oui.

— Et vous en êtes la présidente honoraire.

A quoi voulait-elle en venir, à la fin ?

— En effet. Eh bien ?…

— Eh bien, vous ne voyez pas ? C'est pourtant simple. Les fêtes de votre mère… Vous-même, à la tête de l'agence d'organisation de mariages que tout le monde s'arrache…

— Organisation d'événements, Laure. Les mariages ne sont qu'une partie de nos activités.

— Je sais, je sais, mais ils ont vraiment eu une idée de génie. Je suis sûre que vous allez adorer.

— Ah bon ?

Venant d'un magazine people, Sylvie s'attendait à tout, et surtout au pire.

— Oui. Ils veulent consacrer un dossier à un mariage de conte de fées, dans le cadre de notre anniversaire. Ce « mariage » servirait de vitrine aux exposants locaux, qui auraient l'exclusivité de l'événement.

— Oh, je vois, dit Sylvie, rassurée. Très bien. Vous voulez que je vous donne quelques suggestions pour l'organisation de cette cérémonie, c'est ça ? Je suis tout à fait ravie de…

— A vrai dire, non, Sylvie, je souhaiterais vous demander un peu plus que cela… Beaucoup plus, même. Célébrités aimerait vous voir créer votre mariage de conte de fées !

— Mon mariage ? Mais… je ne veux épouser personne.

Laure laissa échapper un petit « tsss » impatienté.

— Non, non, non… Enfin, ne voyez-vous pas ? Vous avez organisé tant de mariages de rêve que tout le monde brûlera de savoir ce que vous choisiriez pour le vôtre.

— L'homme que j'aime, deux témoins et le bureau du maire ? proposa-t-elle, pleine d'espoir.

Laure eut un rire poli.

— Je pense que cela ne suffira pas pour Célébrités. Il leur faut de la romance ! Imaginez un peu : des costumes de rêve, un repas de gala et toutes ces petites touches dont vous avez le secret. Vous aurez les coudées franches. Plusieurs artisans locaux nous ont d'ores et déjà assurés de…

— Laure. Je suis désolée, mais je ne peux pas donner suite à votre idée.

Un silence stupéfait accueillit cette déclaration.

Enfin, Laure reprit d'une voix sèche :

— Je comprends qu'il n'y aura pas de personnalités ivoiriennes, mais ce n'est pas une raison pour être aussi dédaigneuse.

— Non, Laure, vous m'avez mal…

Trop tard : elle était lancée.

— Votre mère, si elle était encore de ce monde, serait très déçue…

Consternée, Sylvie se prit le front dans une main et se mordit le poing pour réprimer un soupir. Madeleine la regarda fixement.

— Tu as des ennuis ?

Pour toute réponse, la jeune femme secoua la tête. Des ennuis ? Non, c'était pire : elle allait se mettre à dos tout le réseau des « vieilles copines ».

— Vous êtes sans doute une femme d'affaires importante, mais nous sommes nombreux à ne pas avoir oublié votre famille, poursuivait Laure d'une voix basse et tranchante. Ce n'est pas bien, de négliger l'association caritative de votre mère. Nous avons tous besoin de votre soutien, vous savez. Ce projet ne serait pas seulement pour vous une formidable opportunité de promouvoir votre image, il donnerait à plusieurs artistes et artisans locaux une tribune exceptionnelle pour se faire connaître d'un plus large public.

— Laure…

— Mais, bien sûr, vous ne manquez pas de publicité, de toute façon.

— Laure !

— Quant au don de Célébrités, eh bien…

— Laure, vous ne lisez donc jamais Célébrités ?

— Eh bien, non, je dois avouer que ce n'est pas mon genre de lecture, mais vous ne le répéterez pas, j'espère ?

— Non, mais là n'est pas le problème. Si vous lisiez ce genre de journaux, vous sauriez que je ne peux pas accepter votre projet pour la bonne et simple raison que je suis enceinte de six mois.

— Enceinte ?

Il y eut un bref silence, après quoi Laure reprit d'un ton pincé :

— Je ne savais pas. Quand vous êtes-vous mariée ?

— Je ne me suis pas mariée, Laure.

— Ah, très bien ! Dans ce cas, vous pouvez donc…

— Non. Je ne veux pas me marier. Je… je voulais un enfant, c'est tout.

Seigneur, à quelles confessions la contraignait-elle…

Momentanément désarçonnée, Laure eut tôt fait de se reprendre.

— Ah…, quelle importance, au fond ?

Vous n'êtes pas obligée de poser pour les photos. Je suis sûre que Célébrités pourra nous fournir un sosie.

— Vous croyez ? Dans ce cas, demandez-leur d'en choisir une plus grande et plus mince, plaisanta Sylvie. Au fait, combien vous propose Célébrités ?

Laure la renseigna avec la certitude de lui apporter un argument décisif. Elle était pourtant loin du compte. Un bref espoir s'éveilla en Sylvie : peut-être pourrait-elle acheter sa liberté… Sauf qu'il n'était pas seulement question d'argent. Il s'agissait avant tout de l'association caritative de sa mère et de l'audience nationale que pouvait lui donner ce projet. De professionnels qui avaient besoin de publicité. Elle ne pouvait pas se défiler.

Sylvie prit une profonde inspiration.

— Laure, ce n'est pas suffisant.

— Quoi donc ?

— Le don que vous propose Célébrités. C'est trop peu.

— Ah bon ? J'aurais pourtant cru qu'ils étaient très généreux.

— C'est sans aucun doute ce qu'ils vous ont raconté, mais pour un article de ce genre…

Pour pouvoir remuer les braises du passé et spéculer sur l'identité du père de son bébé…

— … c'est le double qu'ils doivent débourser.

— Non !

— Oh, si ! C'est moi qui vous le dis.

— Vraiment..., fit Laure d'une voix intéressée. Mais, en tant que présidente honoraire de notre association, vous pourriez peut-être leur parler... Puisque vous connaissez si bien le sujet.

Résistant à l'envie de lui rappeler le sens de l'adjectif « honoraire », Sylvie acquiesça :

— D'accord. Je m'en charge.

Elle en profiterait pour demander à la rédactrice de Célébrités de ne pas remuer les vieilles histoires.

— Donc, reprit-elle, où doit se tenir cette réception ?

— Ah, oui ! J'ai laissé le meilleur pour la fin. La fête est prévue à Gagnoa. Là où tout a commencé. N'est-ce pas merveilleux ? Insista-t-elle comme Sylvie restait silencieuse.

— Si... formidable.

— Le domaine a été racheté voici quelques mois par un milliardaire. Nous espérions tous qu'il allait y vivre, mais apparemment, il a demandé à Marc... vous savez, l'architecte...

— Mmmh ?

— Eh bien, ce milliardaire a demandé à Marc de transformer la maison du centre de conférences.

— Oh ?

— C'est dommage, n'est-ce pas ? Une si belle maison. Enfin, c'est la vie. Toutefois, comme le domaine est inscrit au patrimoine national, ce projet risque d'être retardé. L'article de Célébrités sera le chant du cygne, en quelque sorte. Il nous a semblé normal d'honorer votre mère dans une telle occasion.

— J'espère que les organisateurs ne seront pas trop difficiles. La maison est restée inhabitée si longtemps…

En effet, la star qui avait racheté la propriété n'y avait passé que deux ou trois week-ends avant de tomber du balcon de son loft. Plusieurs années avaient ensuite passé sans que l'on sache ce que le domaine allait devenir.

Mais peu importait à Sylvie. Tout cela, c'était du passé.

— Rien ne se décidera sans l'aval de Patrimoine de Gagnoa, expliqua Laure. C'est du moins ce que Georges m'a dit — comme vous devez le savoir, il travaille au comité local. J'ai donc songé que notre milliardaire ne refuserait sans doute pas une opportunité de se faire bien voir des voisins.

— Et il a accepté ?

— Je suppose. J'ai parlé à une femme qui semble être son adjointe et elle n'a pas hésité une seconde à nous aider. Elle a été très touchée par l'histoire de votre mère.

— La publicité gratuite dont bénéficiera ce centre de conférences n'a bien sûr rien à voir dans sa décision.

— Oh, Sylvie ! Ne soyez donc pas cynique. D'ailleurs, même si sa société retire bénéfice de ce projet, où est le problème ? Je sais bien qu'il s'agit de votre maison d'enfance, mais les temps ont changé et ce centre de conférences apportera des emplois dans la région. Tout le monde est gagnant.

— Oui, soupira Sylvie, vu sous cet angle, en effet…

Laure avait raison. Tout le monde avait à gagner dans ce projet : l'association de sa mère, les artisans et les commerçants de la région… Pour un peu, on aurait dit que toute l'économie locale dépendait du choix de sa robe pour ce « mariage ».

Enfin, quoi qu'il en soit, puisque la réunion devait se dérouler à Divo, Célébrités devrait payer le prix fort.

# 4.

Arrivé à Divo, Michel, perplexe, arrêta sa voiture devant la grille en fer ouvragé. Les portes étaient grandes ouvertes et agrémentées d'énormes nœuds de rubans roses.

Il saisit son portable et tapa furieusement quelques touches.

— Michel ? répondit une voix féminine étonnée. Mais il fait nuit, là où vous êtes.

— Pas vraiment, Liliane. Je me trouve devant l'Eglise et des rubans roses sont accrochés au portail. Dites-moi que j'ai des hallucinations.

— Comment cela, vous êtes de retour ? A Divo ?

Michel poussa un juron, rendu heureusement inaudible par un coup de Klaxon sonore.

— Je suis désolé de perturber les réjouissances. Un camionneur s'énerve derrière moi, alors expliquez-moi vite ce qui se passe ici, à la fin.

— D'abord, on dit « bonjour, Liliane ». Je vous laisse finir d'arriver, cela vous donnera sans doute le temps de retrouver un semblant de politesse.

Vous me trouverez dans la bibliothèque.

— Ah, parce que vous êtes ici ?

Mais Liliane avait déjà raccroché. Un deuxième coup de Klaxon retentit, insistant. Réprimant l'envie de lâcher un autre juron, Michel jeta le portable sur le siège passager et redémarra.

Au bout d'une allée bordée d'arbres verdoyants, l'imposante demeure se dressait, dorée dans la lumière printanière. Pour un peu, il se serait cru dans un film en costumes.

Illusion de courte durée : devant la maison, les allées étaient encombrées de véhicules, camions, camionnettes et voitures appartenant à des photographes, des fleuristes, des traiteurs. Sur une voiture de luxe, une inscription en élégantes cursives proclamait « Spécialiste du gâteaux de mariage depuis trois générations ». Il devait rêver…

Michel gara sa voiture entre le coupé BMW de Liliane et voiture noire qu'il ne connaissait pas, et qu'il supposa appartenir à l'un des artisans.

La maison fourmillait d'ouvriers qui œuvraient dans un vacarme indescriptible. Se frayant un chemin dans ce chaos, Michel finit par trouver la bibliothèque.

— Quelqu'un peut-il me dire ce qui se passe, ici ?

Assise derrière un imposant bureau de noyer, Liliane lui jeta un regard par-dessus ses lunettes :

— Joli bronzage. Mais pour la politesse, ce n'est pas encore cela.

— Ah, vous voilà ! Pouvez-vous m'expliquer ce que signifient ces rubans roses ?

— Je vous sers un thé, un café ? rétorqua-t-elle avec un sourire. Une infusion de camomille ?

Michel s'approcha d'elle et posa les poings sur le bureau.

— Que signifient ces rubans ? répéta-t-il en détachant les syllabes.

— Au diable vos rubans ! Parlons un peu de vous. Six mois ! Vous êtes parti six mois ! J'ai dû annuler mon voyage en Afrique du Sud et j'ai raté la saison de ski.

— Dommage. Vous avez perdu une occasion de vous rompre le cou.

Allons, Liliane, reprit-il comme elle faisait une mine scandalisée, c'est vous-même qui m'avez dit de profiter de ce voyage de lune de miel puisqu'il était réservé…

— Je pensais plutôt à une courte escapade sur une plage sous les cocotiers. Certainement pas à une absence prolongée !

— Vous exagérez. Je vous ai régulièrement envoyé des courriels.

— Le minimum, répliqua-t-elle avec un haussement d'épaules.

A vous entendre, on dirait que vous regrettez d'avoir été laissée aux manœuvres pendant tout ce temps.

— Là n'est pas le problème ! Je me suis fait un sang d'encre à votre sujet. Quant aux rubans, ajouta-t-elle d'une voix plus douce, j'ignore qui les a posés. Sans doute quelqu'un du Club.

Michel se laissa tomber dans un antique fauteuil en cuir.

— Le Club? Qu'est-ce que c'est encore que cela ? Et pourquoi ont-ils accroché des rubans au portail ?

— Il s'agit d'une association caritative à laquelle j'ai donné la permission d'organiser une Fête du Mariage à Divo, expliqua-t-elle en lui tendant une brochure. C'est d'ailleurs pour cela que je suis ici cette semaine. M. et Mme Beugre, les gardiens, sont des gens tout à fait sérieux, mais avec toutes ces allées et venues, ils ne peuvent avoir l'œil à tout.

— Pourquoi leur avez-vous donné cette autorisation ?

— Au Club, vous voulez dire ? Eh bien, c'est une association locale, fondée par Annie Niango.

Niango... Comme une certaine jeune femme. Une femme aux yeux d'un bleu de mer, qui avait semé le chaos dans son cœur.

— Qui était cette dame ?

Le domaine a appartenu à la famille Bernadette pendant des générations. Leur blason figure sur le portail.

— Ah bon, fit-il avec indifférence. Voilà pour les Bernadette. Et que dire des Niango ?

—Annie a dû épouser un homme répondant à ce nom, répondit Liliane en haussant les épaules.

— Pour son argent plutôt que pour son nom, puisqu'elle a tenu à garder le sien, remarqua-t-il avec perfidie.

Ces gens représentaient tout ce qu'il méprisait : des privilèges, une richesse héritée, un sentiment de supériorité innée. Pour eux, la charité et le souci de l'autre n'étaient que prétextes à organiser des événements mondains. Et dire que, pendant tout un temps, il avait été aveuglé…

— Désolé, mais Annie devra aller jouer aux grandes dames ailleurs. Je ne veux pas d'elle à Divo.

— En fait, Annie est…

— Cela ne m'intéresse pas. Faites-lui de l'argent si cela vous chante et qu'ils déguerpissent tous.

— Je crains que cela ne soit pas possible. Voyez-vous, le magazine Célébrités couvre l'événement. Votre centre de conférences va bénéficier d'une publicité incroyable, et gratuite !

— Je ne vous ai jamais parlé du centre de conférences.

Oh, Michel ! Qu'alliez-vous faire de cette maison ? Y habiter ? Tout seul ? De plus, votre ami architecte m'a envoyé un jeu de plans.

— Marc ? Il n'a pas perdu de temps ! remarquat-il comme à part lui. Tant mieux, tant mieux, ajouta-t-il en se rendant compte du regard intrigué de Liliane. Lors de notre dernière conversation téléphonique, je lui avais dit que je ne voulais pas laisser traîner les choses.

— Tiens donc ? Vous avez quand même trouvé le temps de parler à votre architecte ?

— Pour des raisons de priorités, Liliane. Je veux que ce projet débute le plus tôt possible.

— Dans ce cas, vous devriez être content de la publicité que vous apportera cet événement.

— Peut-être, sauf que les lecteurs, ou devrais-je dire, les lectrices de magazines comme Célébrités n'organisent pas des conférences.

— Ah bon ? Et moi, alors ?

— Vous, vous êtes différente.

— Bien sûr que non. Et j'achète tous les mois Célébrités.

— Vous plaisantez ?

— A votre avis ? Savez-vous que vous n'êtes qu'un affreux misogyne, Michel ?

— Merci du compliment.

— Un misogyne et un orgueilleux.

— Moi, orgueilleux ?

Lui, un homme parti de rien, qui s'était fait tout seul ? Ridicule !

Parfaitement. Mais un prétentieux… à l'envers.

— Je suis pragmatique, Liliane.

— Ah, elle est bonne ! Un pragmatique qui disparaît pendant six mois, me laissant seule à la barre…

— Ce qui discrédite votre accusation de misogynie. Pourquoi vous aurais-je laissé la responsabilité de mon entreprise si je vous prenais pour une incapable ? C'est d'ailleurs pour cela que j'ai fait de vous mon adjointe. Et puis, je ne vous ai jamais vraiment laissée sans contact.

— C'est vrai. De temps en temps, vous m'avez envoyé un e-mail.

— Et une carte postale.

— Ah, oui ! « J'aurais aimé que vous soyez ici. » Et moi donc !

Elle marqua une pause et lui lança un regard soucieux.

— Vous avez maigri.

— Mais non, je vais bien, je vous assure ! Seulement, j'ai profité de mes vacances pour étendre mon empire.

— Moi, j'appellerais plutôt cela une compensation. Une femme, à votre place, se serait contentée d'acheter des chaussures.

— Je préfère investir dans l'immobilier. Les femmes n'y entendent rien, en affaires, ajoutat-il en souriant.

— Vous voyez ? Nous y revoilà ! Parfois, je me demande si vous me considérez comme une vraie femme.

— Je ne pourrais pas vous faire de plus grand compliment.

— Vraiment ? Et vous avez été surpris que Hélène vous laisse tomber ?

Surpris ? Non. Soulagé, plutôt. Il éluda la question d'un haussement d'épaules évasif.

— Donc, vous avez accepté d'accueillir cette Fête du Mariage pour vous amuser un peu ?

— Pas du tout. Je travaille pour vous, malgré les apparences. Et pour clore le sujet, je vous suggère d'aller remercier à genoux Hélène ou devrais-je dire l'Honorable Mme Kouadio Noëlle pour ne pas vous avoir complètement dépouillé.

— Ils se sont donc vraiment mariés, maintenant ?

— Une magnifique histoire d'amour, selon Célébrités.

Un reniflement dédaigneux échappa à Michel.

— Soyez-lui reconnaissant, insista-t-elle. Un divorce vous aurait coûté infiniment plus cher que ce mariage raté.

— En d'autres termes, elle s'est juste un peu distraite avec moi ?

Tout était mieux ainsi, sans doute. Par ce mariage, elle lui aurait extorqué des sommes folles et il lui aurait fait perdre son titre de noblesse ou sa place à la prochaine cérémonie de couronnement. Avec un soupir, il repoussa une mèche qui retomba immédiatement sur son front. D'une main, il indiqua les bruits en provenance de l'entrée.

— Puisque je suis mis devant le fait accompli, combien de temps va durer ce vacarme ?

— La Fête ? Lundi prochain, tout sera terminé.

— Lundi ? ! Ces rubans roses vont rester accrochés au portail pendant toute une semaine ?

— Estimez-vous heureux. A Hiré, tout le voisinage défilerait pour vous féliciter de la naissance d'une petite fille.

— Je ne suis pas du tout d'humeur à plaisanter, Liliane.

— Pour l'amour du ciel, Michel, souriez ! Je vous aurais prévenu, si vous m'aviez avertie de votre retour. Pourquoi ne retournez-vous pas à Gagnoa pour voir où en est la région ? Divo ne s'envolera pas.

— Bonne idée, mais je suis convenu d'un rendez-vous avec Marc ici ce matin.

— Je peux le repousser d'une semaine, si vous voulez.

— Non, dit-il en se hissant hors de son fauteuil et en se dirigeant vers la porte. Je ne veux pas perdre de temps. Donnez-moi vingt minutes, le temps de me doucher et je suis à vous, d'accord ?

— Je vais dire à la servante de préparer votre chambre.

— Merci. Oh, et je ne dirais pas non à une tasse de café.

— Entendu. Au fait, Michel ! appela-t-elle comme il ouvrait la porte. Avant que vous partiez, il faut que je vous dise…

— Vingt minutes, répéta-t-il sans se retourner.

Il referma la porte et recula pour laisser passer deux ouvriers qui portaient une grande planche de contreplaqué. Après avoir récupéré sa valise dans sa voiture, il se dirigea vers l'escalier. Il venait de poser le pied sur la première marche lorsqu'une voix féminine en provenance du salon le figea sur place.

— Commençons par les couleurs, si vous le voulez bien, Lucie…

Il laissa tomber sa valise et s'approcha.

— C'est un mariage de printemps, disait une autre femme, donc… des fleurs, des sauvages… Du jaune ?

— Non, répondit la voix d'un ton catégorique. Pas du jaune. De toute façon, avril n'est pas vraiment la saison pour les fleurs jaunes. En revanche, j'ai vu des violettes en arrivant. Pourriez-vous faire le tour des exposants et me rapporter tous les objets allant du violet le plus profond au mauve le plus pâle ? Une touche de vert ferait très bien, aussi.

— Avez-vous quelque chose de particulier à l'esprit ?

— Des rubans, des bijoux, des accessoires… Demandez au fleuriste ce qu'il peut nous proposer. Et n'oubliez pas de noter la provenance de tout ce que vous rapporterez.

Cette voix douce, chaude, sensuelle, il l'aurait reconnue entre toutes. Il l'avait entendue un après-midi entier, énumérer une liste d'articles de mariage… gémir, soupirer contre lui, abandonnée.

Elle n'avait cessé de le hanter, nuit et jour. Sylvie ? Ici ?

C'était bien elle, pourtant. Il la reconnaissait, de dos, malgré la pénombre du grand salon.

Elle était seule, la jeune femme avec laquelle elle venait de s'entretenir étant partie à sa tâche d'un pas enthousiaste. Abandonnant le sourire factice qu'elle se forçait à arborer depuis son arrivée à Divo, tôt ce matin, elle promena un regard triste sur ce qui avait été la salle de réception de sa mère. La pièce, vidée de son mobilier pour faire de la place aux exposants, ressemblait à un champ de bataille encombré de câbles, de planches de bois, de tréteaux.

Et pourtant, malgré le désordre, si peu de choses avaient changé, en dix ans… Les tableaux qui avaient vu son enfance et sa jeunesse étaient encore accrochés aux murs ; aux fenêtres pendaient les mêmes rideaux bleus, d'un violet passé aux endroits exposés à la lumière ; dans la cheminée, un panier de bûches semblait avoir été rempli le jour où les créanciers avaient saisi la maison, hypothéquée pour couvrir les pertes que son grand-père avait contractées dans son effort désespéré pour redresser leur situation financière.

Lorsque, ce matin, elle avait traversé le parc et qu'elle avait vu Mme Kouadio, affairée dans la cuisine à la préparation du petit déjeuner, elle avait eu l'impression de faire un bond dans le temps. Pour un peu, elle aurait cru que sa mère s'était absentée quelques heures et qu'elle allait revenir incessamment, escortée de ses chiens de chasse…

Sylvie avala sa salive et s'essuya les yeux. Autant laisser le passé au passé. Elle était ici pour le travail, et pour ne pas se laisser envahir par les sentiments, elle allait aborder ce projet comme le ferait n'importe laquelle de ses clientes, l'une de ces femmes d'affaires trop occupées pour prendre en charge, de près ou de loin, l'organisation de son propre mariage.

Après tout, ce n'était qu'un gagne-pain pour elle. Une routine comme une autre. Elle avait déjà choisi la couleur qui donnerait le ton du gala : c'était un début. Il lui restait maintenant à trouver un thème de fête original et à régler le délicat problème de la robe.

— Si vous me cherchez, Lucie, je suis dans le petit salon, s'exclama-t-elle à l'adresse de sa collaboratrice.

Comme elle se retournait, Sylvie se trouva confrontée à une silhouette massive, immobile dans l'embrasure de la porte. De nouveau, elle eut le sentiment étrange de revivre un épisode du passé… un passé beaucoup plus récent.

Elle leva les yeux et comprit qu'il ne s'agissait pas d'une illusion. Michel se tenait devant elle, la fixant d'un regard de tigre.

« Un milliardaire… », avait dit Laure. Il avait fallu que ce soit justement lui : l'homme dont elle portait l'enfant. L'homme au monde dont elle redoutait et désirait le plus la présence.

— Mademoiselle Niango…, commença-t-il du ton de mordante ironie qu'il avait eu lors de leur précédente rencontre.

La gorge sèche et la langue collée au palais, Sylvie le contemplait comme stupéfaite, sans pouvoir prononcer ne serait-ce qu'un bonjour. Toutes les sensations de ce moment de griserie lui revenaient pêle-mêle : la chaleur de son corps viril, la passion de ses caresses, l'avidité de ses baisers…

— Quoi ? parvint-elle enfin à prononcer d'une voix sourde. Que voulez-vous ?

— Savoir ce que vous faites ici. Chez moi.

— Tiens donc ? C'est vous, le nouveau propriétaire ? On m'avait dit que le maquis de Divo avait été racheté par un milliardaire, mais personne ne m'en avait donné le nom. Il est vrai que je n'ai jamais eu la curiosité de le demander. Si vous voulez bien m'excuser, monsieur Michel, dit-elle en essayant de passer.

Mais, immobile, il continuait de la dévisager d'un regard fixe, dépourvu d'aménité. En proie à un vague malaise, Sylvie posa une main sur son ventre rebondi. Comme elle aurait eu envie de lui parler du bébé ! Lui montrer le cliché de sa dernière échographie…

Non. Elle s'était promis de ne rien lui imposer et de respecter sa décision, quelle qu'elle soit.

— Madeleine… j'ai beaucoup à faire aujourd'hui, argua-t-elle d'une voix légèrement tremblante.

— Cela ne m'intéresse pas. Que faites-vous ici ?

Il s'approcha d'elle pour laisser passer un homme qui portait une pile de chaises. Instinctivement, Sylvie recula d'un pas, mais se reprocha aussitôt cet instant de faiblesse. Elle n'avait pas à se sentir coupable : elle était ici pour un travail, imposé qui plus est. Elle n'était plus la gamine naïve qu'elle était lorsqu'elle avait dû quitter cette maison. En femme d'affaires avisée, elle ne reculait plus devant les situations difficiles. Elle déglutit avec difficulté et se contraignit à le regarder.

— Au beau milieu des préparatifs d'une Fête du Mariage ? Insista-t-il comme elle restait silencieuse.

— Je… travaille. Nous préparons un gala chapeauté par le magazine Célébrités. Ce sont eux qui couvrent l'événement, expliqua-t-elle succinctement, espérant qu'il ne demanderait pas de détails.

— C'est ce qu'on m'a dit.

Le coude dans une main, il se frotta le menton d'un air pensif.

— J'ignorais qu'un magazine comme Célébrités pouvait avoir besoin des services d'une organisatrice de mariages.

— Je ne m'occupe pas seulement de mariages. Ma société organise tous types d'événements : des commémorations, des séminaires, des week-ends d'entreprises, des conférences…

Sur sa lancée, elle lui aurait presque proposé une brochure.

— Et de quel événement s'agit-il, en l'occurrence ?

Sylvie eut un imperceptible haussement d'épaules tandis qu'elle s'efforçait désespérément de trouver une explication qui ne le mettrait pas dans tous ses états. Fort heureusement, Liliane Sophie arriva à sa rescousse.

— Vous êtes encore là, Michel ? Je viens de demander à Mme Kouadio de vous préparer un petit déjeuner. Oh, bonjour, Sylvie. Michel, voulez-vous que je vous présente…

— Inutile, c'est déjà fait, la coupa-t-il. Mlle Niango et moi avons eu l'occasion de nous rencontrer… Dans un contexte professionnel, bien entendu.

— Oh ?

Un long silence tomba avant que Liliane reprenne la parole.

— Etes-vous bien installée, Sylvie ? Avez-vous besoin de quelque chose ?

— Comment cela, installée ? demanda Michel, le regard posé avec insistance sur la jeune femme.

— Le magazine Célébrités rédige un article sur le mariage de Sylvie.

— Son mariage ?

Ses yeux brillèrent d'un éclat d'acier qui fit frémir la jeune femme. Qu'allait-il s'imaginer ? Qu'elle avait eu l'idée de ce festival idiot et qu'elle essayait de le mettre au pied du mur ?

— En échange de cet article, Célébrités va verser une belle somme à l'association caritative de Sylvie, poursuivit Liliane. Elle voulait séjourner à Gagnoa, mais il nous a semblé normal de l'accueillir ici. Nous ne manquons pas de place.

— Son association caritative ? répéta-t-il en tournant son regard vers Liliane.

Pendant un moment, Sylvie fut assaillie par un curieux mélange d'émotions dans lequel dominait un vague soulagement.

— Eh bien, oui. La fondatrice, Annie Niango, était la mère de Sylvie. Le regard de Michel s'assombrit encore.

— Et maintenant, vous êtes à la tête de cette association.

— J'ai remplacé ma mère en tant que présidente honoraire, c'est tout. Je les aide à collecter des fonds. Comme à présent.

— Donc, vous avez vécu ici ?

— Eh bien, oui, répondit-elle avec un léger haussement d'épaules, l'air de dire « Cela remonte à si loin ». Je crois savoir que vous envisagez de transformer le domaine en centre de conférences.

— Qui vous l'a dit ?

— Une personne de la région, qui travaille à Divo. A la campagne, les nouvelles vont vite, monsieur Michel.

— Vous croyez ?

Sa voix avait une nuance presque menaçante qu'elle s'efforça d'ignorer.

— Donc, cette rumeur est fausse ?

— Pas du tout, assura-t-il avec un petit sourire satisfait. On dirait que cela vous contrarie.

— Absolument pas. D'ailleurs, si cela vous intéresse, je peux demander à ma secrétaire de vous faire parvenir une brochure sur notre offre d'organisation de conférences. Il eut un mouvement de colère et Liliane dut s'interposer :

— Michel, je vais demander à Mme Kouadio de garder votre petit déjeuner au chaud pendant une vingtaine de minutes. Avez-vous besoin de quelque chose, Sylvie ?

— Non, merci. Je connais les lieux.

A quoi bon prendre des gants, maintenant ? Les choses ne pouvaient pas plus mal tourner.

— Très bien. Votre infusion de camomille arrive tout de suite, Michel, ajouta-t-elle plaisamment. Le petit salon est-il à votre convenance ?

— Tout à fait. Je vous remercie, madame Liliane Sophie.

Liliane hésita dans l'embrasure de la porte, n'osant demander à Michel de laisser passer Sylvie. Enfin, elle s'éloigna non sans lui avoir lancé un regard significatif.

— Appelez-moi si vous avez besoin de la moindre chose, Sylvie.

Celle-ci opina avec un sourire crispé.

— Donc, mademoiselle Niango…

— Oh, Niango suffit. Ou même Sylvie tout court, ajouta-t-elle précipitamment. Monsieur Koffi, croyez-moi, je vous assure que j'ignorais complètement que vous étiez le nouveau propriétaire de la grande salle de cérémonie à Divo. Si j'avais su… Mais sans lui laisser le temps de terminer sa phrase, il se pencha vers elle et dit à mi-voix :

— Eh bien, maintenant que vous êtes au courant, vous ne prendrez pas vos aises dans le petit salon, n'est-ce pas ? Ni à l'étage. Les femmes comme vous, j'en ai plus qu'assez… Sylvie rougit et redressa la tête avec fierté.

— Je vous assure que ma présence ici n'a rien d'une partie de plaisir. Si vous voulez bien m'excuser, ajouta-t-elle en levant la main pour lui signifier de lui laisser le passage, plus vite je commencerai, plus vite je serai partie. Cet argument sembla le convaincre car il s'écarta enfin. Aussitôt, elle fila à pas précipités, sous le regard acéré de Michel.

# 5.

Michel suivit du regard la frêle silhouette au port altier, légère et aérienne dans un ample pantalon blanc qui bruissait à chaque pas. Sans maquillage, en chaussures plates et les cheveux ramassés dans un foulard de soie rose, elle était encore plus désirable que lors de leur précédente rencontre. Les rondeurs de la maternité l'embellissaient.

Mais l'enfant qu'elle portait n'était pas de lui. Et elle allait en épouser un autre.

« Allons, Sylvie, concentre-toi. Oublie Michel… ou du moins, essaye. Lui n'a eu aucun mal à t'oublier… »

Il ne ressentait rien pour elle. Rien du tout. Aurait-elle eu quelques doutes à ce sujet que sa froideur à son égard les aurait complètement dissipés.

Elle comprenait, maintenant, ce que signifiait pour lui cet instant de passion fulgurante, aussi brutale qu'irrésistible : une réaction masculine à une situation de tension, un besoin instinctif de prouver sa virilité. La défense typique d'un mâle arrogant, dominateur.

« Les femmes comme vous, j'en ai plus qu'assez... »

De quel droit osait-il la juger ? Il ne la connaissait même pas ! D'ailleurs, désirait-il seulement la connaître ?

Et dire que, pendant toutes ces semaines, elle n'avait cessé de songer à lui, au point de sursauter chaque fois que le téléphone sonnait, espérant que ce soit lui... Lui...

Etouffant un soupir, elle se força à examiner les créations de couturiers parmi lesquelles on lui avait demandé de choisir la robe de ses rêves.

Mais elle ne croyait plus aux rêves. Plus depuis qu'elle avait décidé de prendre en main son destin et de cesser d'en être le jouet. A cet instant, le bébé remua, comme pour lui rappeler que le destin avait une manière bien à lui de faire un pied de nez à tous ceux qui l'avaient malmené. Avec un sourire, elle caressa son ventre.

La robe... Elle devait se concentrer sur cette robe. Quel style choisir ? « Votre robe de mariée doit être le reflet de votre nature profonde », avait-elle coutume de dire à ses clientes. Oui, mais avait-elle vraiment toute latitude pour affirmer son style, lorsque l'événement devait faire la couverture de Célébrités ? Encore pouvait-elle s'estimer heureuse : les modèles qu'on lui proposait étaient tous d'authentiques merveilles. Rien d'étonnant, de la part d'une dessinatrice aussi talentueuse que Adou Isabelle. Cette robe de soie ondoyante et brodée de perles, par exemple, aurait été parfaite pour un mariage sur une plage. Se souvenant qu'une de ses clientes avait exprimé ce souhait, elle en prit note sur son agenda électronique.

Un mariage sur une plage paradisiaque ne lui aurait pas déplu… Mais le travail qu'on lui avait imposé devait principalement servir de vitrine au plus grand nombre d'exposants possible. Elle se voyait donc contrainte d'organiser un mariage traditionnel, à l'église du village, avec demoiselles d'honneur, une voiture Mercedes et musique d'orgue.

Rien de nouveau, en somme. Un mariage traditionnel, comme elle en avait organisé des centaines.

Son regard s'arrêta sur un bouquet de violettes que Lucie était allée cueillir dans le parc. Retenues par un fin ruban de satin mauve, elles avaient un charme très élégant, parfait pour un mariage printanier. Sylvie porta à son visage les fleurs aux pétales veloutés, en huma le parfum délicat et sourit. Un simple bouquet de violettes serait du meilleur effet : minimaliste, discret. Très distingué.

Maintenant, que mettre avec ces fleurs ? Toutes ces robes bustier, idéales pour un mariage civil, étaient presque trop sobres pour une cérémonie à l'église. Or Célébrités voulait du spectacle, de l'originalité. Il lui fallait un thème, une idée qui donne son unité à l'événement, faute de quoi ce « mariage » ne serait guère qu'une succession de belles photos...

Avec un soupir, elle étala d'une main distraite les objets que Lucie lui avait rassemblés : une longue boucle d'oreille en améthyste, un morceau de soie mauve qu'elle porta à son cou, des pétales de fleurs séchées, des cartes d'invitation, des rubans... C'était ravissant, absolument ravissant : les ingrédients d'un véritable de conte de fées. Il lui manquait seulement l'histoire...

Mais elle n'y croyait plus, à cette soi-disant « magie du mariage ». Elle avait payé cher pour savoir que les beaux serments, les promesses d'amour éternelles fondent souvent comme neige au soleil à la moindre difficulté.

Peut-être était-ce pour cela que le fiasco du mariage de Hélène l'avait tellement affectée. Elle avait vécu cette mésaventure comme la répétition de vieux souvenirs dont le temps n'avait en rien atténué l'acuité, à tel point qu'elle avait délégué à Madeleine l'organisation des mariages.

Non qu'elle négligeât ses clients, au contraire... Madeleine était une assistante exceptionnelle que bien des concurrents lui enviaient. D'ailleurs, si elle n'y prenait pas garde, elle risquait un jour de la perdre. Elle se promit de lui accorder bientôt une augmentation.

En attendant, les préparatifs du gala n'avançaient pas. Un long soupir tremblant lui échappa.

— Allez, Sylvie, marmonna-t-elle. Tu peux y arriver...

Laissant les robes de côté, elle saisit un soulier de satin mauve orné d'un motif de perles et de broderies.

— Vous avez trouvé quelque chose ? demanda Isabelle dans l'embrasure de la porte.

— Eh bien, ces chaussures...

— Je crois que vous avez du mal à choisir.

— Un peu, concéda Sylvie en indiquant sa silhouette de la main. Dans mon état, je peux difficilement passer pour une sylphide. Toutes vos robes sont de pures merveilles, mais... tout ceci est une mise en scène, quelque chose de fictif, dans lequel j'ai du mal à m'investir, vous comprenez

? Toutes mes clientes pensent à leur fiancé lorsqu'elles choisissent leur robe nuptiale.

Ou du moins, la plupart…

— Et lorsqu'elles la trouvent, elles disent toujours une phrase du genre : « Je vais le faire craquer dans cette robe. »

Hélène, elle, avait déclaré : « Je vais faire mourir d'envie tout le monde. »

— Et c'est à ce moment que vous savez si le mariage va être réussi ?

— Du moins, c'est un bon indice, répondit Sylvie avec un haussement d'épaules. Je ne sais pas. J'ai sans doute organisé trop de mariages « parfaits » qui n'ont pas duré.

— Songez aux autres, à tous ceux qui ont réussi, conseilla Isabelle en examinant le deuxième soulier. Tenez, essayez-le. Vous avez de plus petits pieds que moi.

Sylvie obtempéra et tendit le pied. Quelle merveille ! Les perles qui parsemaient la broderie scintillaient doucement, comme des étoiles.

— Il vous va à ravir, sourit Isabelle. Enfilez donc l'autre. Voilà. Faites quelques pas… Alors, qu'en pensez-vous ?

— Ils sont magnifiques, à tel point que j'hésite à vous les rendre, admit-elle en riant, mais franchement, des souliers mauves !…

— Eh bien ? La couleur revient à la mode, dans les mariages, vous savez. Qu'est-ce qui vous plairait ? Un motif en broderie, en appliqué, de la dentelle ? Je connais une personne qui fait de véritables merveilles !

Comme Sylvie gardait le silence, elle ajouta :

— Ce qu'il nous faut pour nous mettre dans l'ambiance, c'est un homme.

— Désolée, Isabelle, répondit-elle en fixant ses pieds avec obstination. Je ne peux pas vous aider en cela.

— Vraiment ? Pardonnez mon indiscrétion, mais…

— Le bébé est le résultat d'un… d'un don de sperme.

Isabelle avait l'air sceptique.

— A une clinique ?

— Non, pas vraiment, mais… Disons que le père ne faisait pas partie du contrat.

— Ah. Bon, peu importe, je ne parlais pas forcément de « l'homme de votre vie », expliquat-elle en mimant les guillemets. Ce qu'il nous faut, c'est un figurant suffisamment sexy pour vous mettre dans l'ambiance.

Sylvie ferma les yeux pour chasser l'image de Michel Koffi.

— Je crains que ce ne soit pas possible.

— Vraiment ? Mais pourtant, dehors, je vois une quantité de jeunes gens tout à fait séduisants… Je vais demander à l'un d'eux de nous rejoindre, voulez-vous ?

Un toussotement attira leur attention.

— Oh, bonjour, Marc. Que faites-vous ici ?

Sans attendre sa réponse, Isabelle se tourna vers Sylvie, l'œil pétillant.

— Sylvie, connaissez-vous Marc ? C'est un architecte très sexy. Marc, je vous présente Sylvie Niango.

— Ne vous fiez pas à ce que Isabelle vous raconte. Je suis marié et père de trois adorables petites filles. Par conséquent, ne comptez pas sur moi pour le projet que vous avez en tête, quel qu'il soit.

— Je suis tout à fait sur votre longueur d'onde, assura Sylvie d'une voix rapide.

— En revanche, vous pourriez demander à Michel Koffi, que voici.

Son agenda sous le bras, il entreprit de faire un tour du petit salon. Isabelle, quant à elle, s'avança vers Michel, la main tendue.

— Michel ? Isabbelle Adou. Appelez-moi Isabelle.

Puis, reculant d'un pas, elle le parcourut d'un regard appréciateur.

— Oui, oui, oui. Vous êtes parfait.

— Vous croyez ? dit celui-ci avec un sourire surpris, naturel... le sourire d'un homme qui rencontre une femme séduisante.

Un sourire qu'il n'avait jamais eu pour elle, songea Sylvie. Une main sur le front, elle poussa un profond soupir. Michel tourna le regard vers elle, et aussitôt, le sourire disparut.

— Absolument parfait, renchérit Isabelle. Vous n'êtes pas marié, au moins ?

— Demandez donc à Mlle Niango, laissa-t-il tomber d'une voix coupante.

— Ah, vous vous connaissez ! Formidable. Michel, seriez-vous d'accord pour nous aider ? Sylvie aurait besoin d'un homme de rêve.

— Nnnnn..., prononça la jeune femme sans pouvoir décoller sa langue de son palais.

— Cela dépend. De quel rêve s'agit-il ?

— Eh bien, il vous faut tout simplement lui tenir le bras en ayant l'air sexy, expliqua-t-elle avec un sourire encourageant. Voilà, comme ceci !

— Mais je n'ai pas bougé.

— C'est inutile, vous êtes parfait au naturel, fit-elle, riant de son trait d'esprit. Bien, Sylvie, à vous de faire marcher votre imagination.

— Isabelle, je pense honnêtement que...

— Je ne veux pas que vous pensiez. Ce sont les sentiments qui m'intéressent.

Isabelle lui prit les épaules et la fit pivoter face à Michel.

— Imaginez-le en costume queue-de-pie de couleur grise, avec une ceinture mauve et des violettes à la boutonnière.

Michel émit un petit bruit comme pour dire « Autant rêver ! ».

— Il vous attend devant l'autel et…

— Quel autel ? Où ça ? l'interrompit-il.

— Vous avez raison, Michel. Une église de village, Sylvie ?

Celle-ci ouvrit la bouche pour répondre mais Isabelle ne la regardait déjà plus.

— Quoi d'autre ? Mais ne vous inquiétez pas de cela, Michel. Sylvie et moi nous occupons de tout.

Il lança un regard interrogateur à Sylvie, qui lui répondit d'un haussement d'épaules résigné.

— Bien. Les portes de l'église sont décorées de guirlandes de bruyère et de fleurs... Les demoiselles d'honneur vous attendent... Au fait, voulez-vous faire appel à des adultes uniquement ?

— Euh, non. Une adulte seulement.

Elle aurait besoin de Madeleine dans cette entreprise. Bien sûr, il faudrait la convaincre d'abandonner ses Doc Martens, mais au moins, avec ses cheveux violets, elle serait dans le ton.

— Une adulte et cinq enfants. Quatre filles et un garçon. Ce sont mes filleuls.

Isabelle hocha la tête.

— D'accord. Bon, imaginez la scène : musique d'orgue, votre père vous tient le bras...

— Non !

Isabelle et Michel levèrent vers elle un regard surpris par la violence de cette exclamation.

— Non, reprit-elle d'une voix plus douce. Je préfère être seule. Je vais sur mes trente ans, je n'ai pas besoin d'être livrée à mon époux, poursuivit-elle comme ils la dévisageaient, interloqués.

— Ah… Comme vous voudrez. C'est votre mariage, après tout. Donc, vous avancez dans l'allée comme ceci, poursuivit-elle en lui fourrant le bouquet de violettes dans les mains. Les orgues grondent, tout le monde se lève à votre entrée… Allez-y, marchez, marchez, dit-elle en la poussant vers Michel. Toute l'assemblée ne regarde que vous. On soupire, on verse quelques larmes, mais vous ne voyez, n'entendez personne d'autre que lui.

Sylvie rencontra le regard de Michel et rougit. Pourquoi était-il resté ? Il n'était pourtant pas obligé…

— Alors, qu'éprouvez-vous, Sylvie ? murmurât-elle. De la nervosité ? Des frissons ? Entendez-vous le bruissement de votre robe ? Dites-moi quels sont vos sentiments.

Pendant un instant, Sylvie se crut dans la petite église nimbée de la lumière colorée des vitraux, sentit la caresse de sa robe, du voile de dentelle que lui avait légué sa grand-mère… Elle voyait aussi Michel qui l'attendait devant l'autel et la regardait comme si rien au monde n'était plus précieux.

Elle en aurait presque frissonné…

— Alors, le faites-vous craquer ?

Le regard de Michel glissa vers son ventre rond.

— Un habit de pénitence ferait tout aussi bien l'affaire, lâcha-t-il avant de tourner les talons. Marc, en avez-vous terminé avec cette pièce ?

Et sans attendre sa réponse, il quitta la pièce. Marc, un sourire ironique aux lèvres, salua les deux femmes d'un léger signe de tête et partit à sa suite.

— Mais enfin, quelle mouche l'a piqué ? articula Isabelle, interloquée.

Sylvie, les genoux faibles, dut s'appuyer sur une table.

— Vous auriez été avisée de nous demander où nous nous étions rencontrés.

— Eh bien ? L'encouragea Isabelle comme elle n'en disait pas plus. Où vous êtes-vous rencontrés ?

— Je suis une amie d'école de son ex-fiancée. C'est moi qui avais organisé son mariage. J'ai pourtant essayé de vous prévenir.

— Mais j'étais trop occupée à parler. C'est mon gros défaut. Donc, que s'est-il passé ? Vous avez réservé la mauvaise église ? Le pavillon s'est écroulé ? Vous avez empoisonné les invités ?

— Pire que tout cela : la mariée a changé d'avis trois jours avant la cérémonie.

— Non ! Elle était folle ?

— Au contraire, elle a recouvré la raison à temps. Hélène, ce nom ne vous dit rien ? Isabelle secoua négativement la tête.

— Vous ne lisez donc jamais la presse people ?

— Jamais. Est-ce un tort ?

— Non, bien sûr, mais en l'occurrence, cela ne vous aurait pas desservie.

— Je ne comprends toujours pas où vous voulez en venir, dit Isabelle en fronçant les sourcils. Vous ne pouvez pas être tenue pour responsable de la décision de votre amie.

— Non, à ceci près qu'elle s'est enfuie avec l'un de mes employés.

— Oh…

Isabelle haussa les épaules.

— Tout de même, je persiste à le trouver bien dur vis-à-vis de vous. Même si, franchement, à la manière dont il vous regardait…

— Connaissez-vous l'expression « si un regard pouvait tuer » ?

— Par combustion spontanée, alors. Etes-vous sûre que la mariée était la seule à être tombée amoureuse ?

Elle leva aussitôt les mains en signe d'excuse.

— Oubliez ce que je viens de vous dire. Où en seriez-vous, si vos clientes ne pouvaient plus vous confier leur fiancé ? Bon, contentez-vous de me raconter ce que vous avez vu, ajouta-t-elle comme Sylvie, le rouge aux joues, la regardait sans rien dire.

— Vu ?

— Oui, tout à l'heure. Je vous ai observée : vous avez vu quelque chose… ressenti quelque chose.

Oui, elle s'était revue à dix-neuf ans, dans la robe nuptiale de son arrière-grand-mère, nimbée d'un voile de dentelle qui lui tombait aux pieds. A l'autel, un homme l'attendait : non pas Jérémie, mais Michel.

— Sylvie ?

— Oui. Vous aviez raison, je me rappelais quelque chose. Une robe.

« Concentre-toi sur la robe. »

— Pensez-vous vraiment pouvoir créer quelque chose en une semaine à peine ? Normalement, c'est un travail de plusieurs mois...

— C'est une gageure, j'en conviens, mais j'aime les défis et tout le monde est sur le pied de guerre pour réaliser tout ce que vous désirez. Par conséquent, rêvez un peu, rêvez beaucoup, faites-vous plaisir !

Sylvie se força à sourire.

— Le fait est que j'ai déjà vécu ce rêve à dix-neuf ans. Pour cette occasion, il était prévu que je porte la robe de mon arrière-grand-mère.

— Ah bon ? Comme c'est romantique. Donc, voyons… Votre arrière-grand-mère, dites-vous ? Cela nous amène aux années vingt, n'est-ce pas ? Une robe à taille basse, avec de la dentelle, comme ceci ?

Elle dessina un croquis rapide et tendit son calepin à Sylvie.

— Oui, c'est très ressemblant, dit-elle, impressionnée.

— Merci. Vous en avez, de la chance. Combien de gens savent quelle robe portait leur arrière- grand-mère à son mariage ? Savez-vous où elle se trouve ?

Sylvie allait secouer la tête lorsqu'elle se rendit compte que le vêtement devait être resté à l'endroit où elle l'avait rangé, juste avant la saisie.

— Je suis censée vous permettre de déployer votre talent, Isabelle. Une robe de musée ne vous apportera aucune publicité.

— Ce n'est pas de moi qu'il est question, mais de vous. De votre rêve. Même si, sauf à supposer qu'elle ait été mise à l'abri, votre robe risque d'avoir été mangée par les mites et jaunie par le temps. De plus, pardonnez-moi, mais je ne pense pas que votre aïeule était… comment dit-on, déjà ? Dans votre état le jour de son mariage…

— C'est vrai. A presque trente ans et enceinte, cette dentelle virginale serait particulièrement déplacée.

— En fait, j'aurais un modèle plus « grande personne » qui irait bien avec ces chaussures. Mais, par curiosité professionnelle, j'aurais très envie de voir la robe de votre arrière-grand-mère.

— Je vais voir ce que je peux faire.

— Parfait. En attendant, j'aurais besoin de prendre quelques mesures. Levez les bras à l'horizontale, s'il vous plaît.

# 6.

Ayant rejoint Michel devant les écuries, Marc lui lança un regard interrogateur.

— Veuillez m'excuser, soupira Michel. Comme vous avez dû le remarquer, il existe un léger… contentieux entre Mlle Niango et moi.

— Si vous parlez de contentieux, je ne voudrais pas être présent lors de la déclaration de guerre. A vrai dire, ajouta-t-il avec un sourire pensif, j'aurais plutôt songé à…

— Oui ? le relança Michel.

Mais Marc leva les mains en secouant la tête. Toutefois, l'expression de son visage était suffisamment éloquente.

— Le précédent qui nous oppose est d'ordre professionnel, lâcha Michel d'un ton sec. Strictement professionnel.

Comme Marc opinait d'un air sceptique, il préféra ne pas insister de peur de confirmer ses soupçons. Toutefois, son ami avait visé juste : jamais une femme ne lui avait inspiré de tels sentiments de désarroi, de culpabilité, de désir, de colère.

Elle n'avait pas perdu de temps pour l'oublier, en tout cas. Comment lui en vouloir ? Il était parti sans lui écrire, sans lui téléphoner. C'était sa secrétaire qui lui avait réglé sa facture, sans tenir compte des vingt pour cent qu'elle lui avait pourtant généreusement consentis.

Lorsque, finalement, il était revenu, prêt à tomber à ses genoux, il était trop tard. Elle allait faire sa vie avec un autre, un ami d'enfance. Le père de l'enfant qu'elle portait.

Pourtant, la tension qui avait dominé leurs précédentes rencontres était encore là, intacte, indéniable. Et réciproque.

La vérité, c'était qu'il l'aurait trouvée belle même en habit de pénitence. Elle aurait été adorable en mariée. Tout à l'heure, il n'avait eu aucun mal à l'imaginer dans la petite église du village, auréolée de la lumière douce des vitraux, tenant contre son cœur un bouquet de violettes. Pendant un instant, il s'y était cru, lui aussi, au point qu'il avait failli lui prendre la main. Cette scène simple l'avait ému plus que le spectacle tapageur que Hélène lui avait fort heureusement épargné à la dernière minute.

Liliane avait peut-être raison. Il avait sans doute intérêt à retourner à Londres le temps que ce raout se termine…

Comme Marc le regardait avec étonnement, il se détourna brusquement et se dirigea vers les dépendances.

— Que pouvez-vous me dire de la remise et des écuries ?

— Eh bien, nous pourrions les convertir en une douzaine d'unités de logement réparties autour de la cour.

— Intéressant. Et la grange ?

— Pour la grange, nous disposons de plusieurs options. Vous pourriez notamment la convertir en maison de campagne. On y accède par une petite route privée. Avec un jardin muré, ce serait un lieu de retraite discret, très agréable.

Plus que jamais décidé à transformer le maquis de Divo pour en effacer tout ce qui pouvait lui rappeler Sylvie Niango, Michel l'écoutait d'une oreille attentive.

Sylvie se souvenait que juste avant de quitter le maquis, elle avait pris soin de ranger cette robe de mariée avec le reste de la garde-robe de sa grand-mère, dans le grenier. Dix ans plus tard, étaient-ils toujours là-haut, ces coffres ? Mme Liliane ne s'opposerait certainement pas à ce qu'elle monte vérifier. Autant s'en occuper tant que Michel était accaparé par son architecte.

Elle lui jeta un coup d'œil par la fenêtre. Il semblait avoir maigri depuis leur précédente rencontre. Ses cheveux sombres, soulevés par une légère brise, devaient l'énerver, à la manière dont il les repoussait. Il lança un bref regard vers la fenêtre du petit salon, comme s'il devinait qu'elle l'observait. Instinctivement, elle recula mais, les sourcils froncés, il s'éloigna, escorté de Marc.

Les jambes soudain faibles, Sylvie se laissa tomber dans un fauteuil de cuir. Il lui fallut toute sa volonté pour se relever et partir à la recherche de Liliane.

La porte de la bibliothèque était ouverte. Elle s'annonça d'un coup léger et entra. La pièce était vide. Mme Liliane devait s'être absentée quelques minutes. Elle jeta un coup d'œil à sa montre et décida de l'attendre quelques instants.

Elle s'approcha des rayonnages et, distraitement, laissa courir le doigt sur le dos des livres. Rien n'avait bougé, pas même la bible familiale. Sylvie prit le livre et l'ouvrit aux pages sur lesquelles était consignée l'histoire des Niango : chaque mariage, chaque naissance, chaque décès... jusqu'à son nom à elle. La dernière date, celle de la mort de sa mère, était écrite de sa propre main. Les yeux mouillés, elle reposa la bible sur son présentoir et essuya ses larmes d'une main impatiente.

Allons, pas d'attendrissement. Si ces dernières années lui avaient enseigné quelque chose, c'était qu'il était inutile de pleurer sur son sort.

Une photo jaunie, dans un cadre ancien, était posée à côté de la bible. Elle se rappelait ce cliché : des jeunes gens allongés sur la pelouse, en pantalons et chemises de flanelle, devant une table mise pour le thé. Elle entendait presque la voix de son grand-père, lui nommant chacun de tous ces chers disparus, comme des héros dont la mémoire devait être honorée.

Elle eut conscience d'une présence derrière elle. Ce ne pouvait pas être Mme Liliane : elle se serait manifestée avant d'entrer.

— Alors, monsieur Koffi, on me surveille ? dit-elle sans se retourner. Vous voulez vous assurer que je ne prends pas mes aises ?

— Qui sont tous ces gens ?

D'un petit geste, il désigna l'ensemble des portraits accrochés aux murs, à la galerie supérieure, au manteau de la cheminée. Sylvie ne répondit pas tout de suite, s'attendant à un sarcasme. Comme il ne disait rien, elle leva les yeux vers lui et vit dans son regard une curiosité sincère.

— Ce sont des photos de famille, dit-elle simplement.

— Des photos de famille ?

Il sembla hésiter à dire quelque chose.

— Oui ? l'encouragea-t-elle.

— N'avaient-ils rien de mieux à faire que de jouer et s'amuser ?

Elle fronça les sourcils, curieuse de savoir ce qui pouvait le perturber dans ces vieilles photos, et indiqua du doigt un jeune homme qui souriait.

— Ce garçon est mon arrière-grand-oncle Henri. Il avait vingt et un ans à l'époque de ce cliché. Il venait tout juste de sortir d'Oxford. Lui, c'est mon arrière-grand-oncle George. Il avait dix-neuf ans. Et mon arrière-grand-oncle Arthur, là, en avait quinze.

Elle s'approcha de lui si près que son épaule effleurait son bras.

— Lui, c'est Bertie, et à côté, David. Ils étaient cousins, tous les deux, et avaient l'âge d'Arthur. Et lui, c'est Max. Il venait de se fiancer à mon arrière-grand-tante Marie. C'était elle qui tenait l'appareil.

— Et le garçon, devant ? Celui qui fait une grimace ?

— C'est mon arrière-grand-père, Yao. Il devait avoir une douzaine d'années. Il avait à peine dix-sept ans à la fin du carnage que l'on a appelé la Grande Guerre. De tous ceux qui sont sur cette photo, il est le seul à avoir survécu pour fonder une famille.

— Il en allait de même pour toutes les familles, remarqua-t-il sèchement.

— Je sais, monsieur Koffi. Riches ou pauvres, ils sont morts par millions dans les tranchées. Après cette photo, ils n'ont guère eu d'occasions de s'amuser, ajouta-t-elle en lui lançant un bref regard.

Michel regarda fixement la photo en s'efforçant d'ignorer la rondeur de son épaule contre sa poitrine, la douceur d'une mèche soyeuse qui, s'échappant de son foulard, effleurait son cou.

Pour le commun des mortels, les occasions de s'amuser étaient inexistantes, décréta-t-il, immobile et glacial. Puisque nous voilà coincés ensemble sous le même toit pendant quelques jours, appelez-moi Michel, pour simplifier. Après tout, ce n'est pas comme si nous étions étrangers l'un à l'autre.

— Je crois au contraire que nous ne sommes pas autre chose, monsieur Koffi.

Il opina d'un air contraint.

— Tout de même..., insista-t-il.

Elle leva vers lui un regard pénétrant, qui semblait l'interroger au plus profond de son âme.

— ... pour gagner du temps...

— Gagner du temps ? répéta-t-elle.

Un court silence tomba.

— Bien. Je vous appellerai donc Michel. Mais seulement par souci de simplicité. Toutefois, vous devrez m'appeler Sylvie. Mon temps est sans doute moins précieux que le vôtre, mais il est également compté.

Il eut un mince sourire.

— Je pense pouvoir y arriver. Sylvie…

Séparé de son nom de famille, son prénom glissait sur la langue comme de la soie. Sylvie… Il aurait voulu le prononcer de nouveau.

Il s'éclaircit la gorge et reporta son attention sur la photo.

— Pourquoi ce portrait est-il resté ici ? Vous ne le vouliez pas ? C'est pourtant l'histoire de votre famille.

Elle lui prit le cadre et, les yeux fermés, posa la main sur le verre froid.

— A l'arrivée des créanciers, expliqua-t-elle après un court silence, je n'ai pu emporter que mes vêtements et quelques effets personnels, comme les perles que m'avait offertes mon grand-père pour mes dix-huit ans. Et ma voiture, après qu'ils se furent assurés qu'elle était bien à mon nom. Vous comprendrez donc mon peu de sympathie pour les personnes dont nous étions les débiteurs.

Elle lui lança un regard où le chagrin le disputait à la fierté.

— Je ne parle pas des particuliers. Nous avons toujours honoré nos factures. Seulement, en trois ans, nous avons dû régler deux successions particulièrement lourdes. C'est à cette époque que mon grand-père, qui jusqu'alors s'était relativement peu soucié d'argent, s'est soudain avisé de prendre en main notre situation financière en investissant dans la compagnie de navigation d'assurances maritimes quelques mois avant qu'elle ne fasse faillite…

Il était mort peu de temps après, d'une crise cardiaque. Profondément choquée et amoindrie, sa femme, n'avait pas tardé à le suivre dans l'autre monde.

— L'ironie de l'histoire est que nous nous en serions bien mieux sortis s'il était resté aussi décontracté avec l'argent.

Mais cette photographie n'a d'autre valeur que sentimentale… ?

— C'est vrai. Les créanciers m'ont bien dit qu'après l'inventaire, je pourrais revenir emporter les objets de famille sans valeur intrinsèque, mais entre-temps, un chanteur qui avait visité le maquis de Divo pendant son enfance a racheté la maison afin de la conserver en l'état, sans aucune modification.

Michel eut un sourire moqueur.

— Je sais, dit-elle. C'était un illuminé, mais nos créanciers n'ont pas pu résister à son offre. Il a donc hérité de tout : photos de famille, portraits et tout le capharnaüm dans le grenier. Il a même gardé M. et Mme Beugre dans leurs fonctions.

Tout n'était donc pas si négatif.

— Avaient-ils le droit de tout vendre ?

— Qu'est-ce qui les en empêchait ? Je n'avais pas l'argent nécessaire pour faire valoir mes droits, et même si je l'avais pu, les seuls bénéficiaires auraient été mes avocats. Au moins, avec cette solution, tout était réglé. Préservé.

Et elle avait pu tourner la page, refaire sa vie sans ruminer des événements qu'elle était déterminée à oublier. L'abandon de Jérémie, par exemple, quelques semaines avant leur mariage. L'obstination de sa mère à faire face à l'armée de créanciers qui les dépouillaient de leur héritage familial. Son père, qui… Non. Elle refusait de gaspiller la moindre pensée à son égard.

A cette époque, je vivais en colocation avec deux autres jeunes filles. J'avais à peine assez de place pour ranger mes vêtements, alors, les photos de famille…

Elle reposa le cadre sur l'étagère, à la place qu'il avait toujours tenue.

— Par ailleurs, vous n'avez pas tort. Cette histoire n'est pas seulement la mienne. Comme vous l'avez remarqué, personne n'a été épargné.

Avait-il dit cela ? Pourtant, force était de constater que certains avaient perdu plus que d'autres, songea-t-il en parcourant le salon du regard. Le maquis était un élégant manoir de campagne, mais dès sa première visite, Michel l'avait reconnu pour ce qu'il était : une maison de famille dans laquelle les générations s'étaient succédé, du berceau à la tombe, laissant chacune mille petites traces de leur passage : la patine d'innombrables mains, les marques sur le parquet, les griffures de chiens sur les portes…

— Tout le monde n'a pas eu la chance d'avoir des souvenirs, une place dans l'histoire, Sylvie, murmura-t-il d'une voix sourde.

— Pas de souvenirs ? Pas de famille ? Oh, Michel, dit-elle après un léger silence, comme c'est triste ! Je suis désolée.

— Je n'ai pas besoin de votre pitié, répliquat-il sèchement.

Sylvie se mordit la lèvre et s'écarta en jetant un regard rapide autour d'elle.

J'espérais trouver Liliane ici. Ne sauriez-vous pas où elle se trouve ?

— Pourquoi ? Si vous êtes pressée, peut-être puis-je vous aider.

Elle hésita à répondre.

Il aurait dû le deviner. Elle était venue demander quelque chose au sujet de cette fichue Fête du Mariage. Petite hypocrite, tellement habile à faire vibrer la corde sensible… Il avait la réputation d'être dur en affaires, pourtant jamais il n'aurait songé à transformer son mariage en campagne de publicité. Mais à quoi bon chercher le conflit ?

— Sylvie, je désirais vous demander de pardonner ma remarque sur la robe de pénitence. Elle était inexcusable.

— Au contraire, vous aviez d'excellentes excuses, s'empressa-t-elle de répondre. J'aurais dû modérer Isabelle.

— Autant essayer d'arrêter un train en pleine vitesse.

— C'est vrai, mais tout de même...

— Allons, ce n'est pas grave. J'aurais dû le faire moi-même. Vous comprendrez cependant que vous êtes bien la dernière personne que je m'attendais à trouver à Divo.

Et qui plus est, enceinte... d'un autre. Un homme de son monde, qu'elle connaissait depuis toujours. Envisageait-elle déjà de vivre avec ce Jérémie lorsqu'elle s'était donnée à lui avec une telle passion ?

La réciproque est tout aussi vraie. Hélène m'avait dit que vous détestiez la campagne.

— Disons que je n'en aime pas certains aspects. La chasse, par exemple.

— Mon non plus. Mon grand-père avait interdit tous les sports de chasse sur le domaine. Il disait que trop de sang y avait déjà été versé.

Elle marqua une courte pause avant de demander :

— Avez-vous reçu ma lettre ?

Il opina et se détourna, gêné. Pourquoi repensait-elle à ces factures ? Elle les avait mérités, ces vingt pour cent...

D'ailleurs, il l'admettait à présent, cette rencontre n'avait été pour lui qu'un prétexte pour l'humilier.

La vérité, c'était que son mariage avec Hélène n'aurait pu être autre chose qu'un fiasco programmé. Il n'avait cessé de s'éloigner d'elle en invoquant le travail, la fatigue depuis ce jour où il était entré dans le bureau de Sylvie Niango. Sylvie, dont le sourire s'était lentement évanoui lorsqu'elle avait levé les yeux vers lui…

Il aurait tout donné pour éprouver de nouveau la plénitude qu'elle lui avait procurée lorsqu'ils avaient fait l'amour. En cet instant, tout avait été parfait, tellement parfait… Jusqu'à ce qu'il découvre ses larmes, et réalise qu'il venait de commettre la plus grande bêtise de sa vie.

A quoi bon lui dire tout cela ? Elle avait décidé de faire sa vie avec un autre. A lui de respecter son choix.

Je suis désolé. Pour tout.

Elle se détourna, les joues colorées d'une légère rougeur. Sans doute songeait-elle, comme lui, à cet instant de folie où ils s'étaient oubliés, tous les deux. Elle devait éprouver des remords vis-à-vis de son fiancé.

— Pourquoi vouliez-vous trouver Liliane ?

Elle le regarda fixement, puis leva la main vers le bureau.

— Je voulais lui demander la permission de monter au grenier pour rechercher un objet qui a appartenu à mon arrière-grand-mère. Pour l'emprunter quelques instants.

— Votre arrière-grand-mère ? Combien de temps cet objet est-il resté là-haut ?

— Depuis que je l'y ai rangé, avant de partir. A moins que vous n'ayez déjà commencé à débarrasser le grenier ? demanda-t-elle en lui faisant face.

— Non, je n'ai encore rien fait, mis à part demander à Marc de préparer un plan en vue d'obtenir le permis d'aménager. D'ailleurs, Marc m'a dit tout à l'heure que tout était resté intact.

— Ah… C'est rassurant.

Un silence gêné tomba.

— S'agit-il de l'arrière-grand-mère qui a épousé le garçon de la photographie ?

— James. Oui. Ma famille paternelle, les Niango, était de tradition militaire. Ils avaient l'habitude de voyager léger.

Michel crut ressentir une pointe de mépris dans ces paroles.

— Au moins, ils ne s'embarrassaient pas, remarqua-t-il. Voulez-vous y jeter un coup d'œil maintenant ?

— Oui, c'est assez urgent. Liliane va-t-elle bientôt revenir ?

— Je crains que Liliane ne soit assez occupée, ce matin.

Il n'en dit pas plus dans l'espoir qu'elle sollicite son aide, mais comme elle se taisait, il s'approcha de la porte.

— Allons-y, voulez-vous ?

Ils restèrent tous les deux immobiles : ces paroles, il les avait déjà prononcées lors de leur précédente rencontre.

— Vraiment, ce n'est pas nécessaire de vous déranger, lâcha-t-elle enfin d'une voix sèche. Je connais le chemin.

— Je n'en doute pas, Sylvie, mais je vous assure que cela ne me gêne pas, au contraire. Je vais devoir bientôt débarrasser le grenier et j'aurais besoin de savoir exactement ce qui s'y trouve avant de tout jeter à la benne.

— Quoi ? ! s'exclama-t-elle, les yeux emplis de colère.

Ainsi, Mlle Niango était donc plus attachée à ces reliques familiales qu'elle n'avait voulu le montrer…

— Bien sûr, dit-il d'un ton négligent. Qu'est-ce qui vous choque ? Pour tout autre que vous, ce ne sont que des vieilleries.

— Je sais, répondit-elle en se maîtrisant.

— Mais vous pouvez me prouver le contraire.

— Ce sont vos vieilleries. A vous d'en faire ce que vous voulez.

— C'est vrai, dit-il, déçu de son manque de résistance. Je dois toutefois vous dire que le grenier est très poussiéreux. Vous devriez sans doute changer de chaussures. Il serait dommage de les abîmer.

— Quoi ?

Elle baissa les yeux vers ses pieds et laissa fuser un juron qui, dans sa bouche, n'avait pas l'air si choquant.

— Quelque chose ne va pas ?

— Oui !

Elle remua son pied et sourit.

— Et en même temps, non. C'est que, les ayant portées une bonne partie de la matinée, je vais devoir les acheter.

— J'ai entendu dire que, pour les femmes, l'achat de chaussures était le remède miracle à la déprime, observa-t-il, se souvenant de la remarque de Liliane.

— Vous ne devriez pas croire toutes les bêtises que Hélène vous racontait. De plus, je ne suis pas ici pour me faire des cadeaux.

— Ah bon ? Pourtant, je croyais que c'était l'un des plaisirs des jeunes mariées.

Elle lui jeta un regard glacial.

— Dans ce cas, je vous suggère de vous familiariser avec le monde des organisateurs de mariage. Je ne suis pas ici pour me faire plaisir, mais je ne peux décemment pas rendre ces chaussures après les avoir portées.

— Vous ne les regretterez pas.

— Sauf si je ne les enlève pas maintenant. Commencez donc à monter, je vous suis.

Sans attendre sa réponse, elle s'éloigna d'un pas rapide, comme pour lui échapper.

— Je vous attends, murmura-t-il en la suivant du regard. Autrement, je risquerais de me perdre.

Trop tard. Il était déjà perdu.

# 7.

Au bord des larmes, Sylvie monta se réfugier dans sa chambre. Se contraignant au calme, elle s'aspergea le visage d'eau froide, se moucha et se recoiffa rapidement. Enfin, chaussée de souliers confortables, elle rejoignit Michel au bas de l'escalier.

Tout de même, quel homme étrange ! Pourquoi était-il si curieux de sa famille alors qu'il lui avait laissé entendre, sans aucun doute possible, qu'il ne tenait pas à être le père de sa petite fille ?

Le grenier était plongé dans l'obscurité. Elle tendit le bras vers l'interrupteur mais il fut plus rapide qu'elle. Leurs mains se touchèrent.

— Je l'ai trouvé, dit-il d'une manière appuyée.

Aussitôt, elle retira sa main comme si elle avait été piquée par une guêpe.

Une ampoule nue s'alluma, jetant une faible lumière sur les vestiges abandonnés de l'histoire des Niango. Sylvie promena un regard consterné sur cette désolation.

— Seigneur ! Quel désordre !

— Eh bien ? C'est un grenier.

— Autrefois, les coffres étaient rangés autour des murs pour en faciliter l'accès.

De toute évidence, ils avaient été déplacés récemment : quelques mois auparavant, à en juger par la poussière.

— Je suppose que des artisans ont été obligés de les pousser pour pouvoir travailler.

— Les derniers en date étant les vôtres, bien sûr, rétorqua-t-elle.

— Ils peuvent très bien les avoir trouvés dans cet état, mais je veillerai à leur faire part de vos critiques.

— Ah… Bien.

Elle souleva le couvercle du coffre le plus proche et recula en toussant.

— Seigneur, quelle est donc cette odeur ?

— C'est… du camphre, haleta-t-elle en battant l'air. Pour éloigner les mites… qui autrement… n'auraient fait qu'une bouchée de toute cette belle laine.

— Cette odeur n'éloignerait pas que les mites, mais toutes les personnes qui songeraient à porter ces vêtements. Vous allez bien ? Etes-vous sûre que cela ne va pas faire de mal à… au…

— Au bébé, acheva-t-elle à sa place. Vous pouvez le dire, vous savez. Ce n'est pas un gros mot.

— Non. Désolé, fit-il avec raideur.

— Vous l'avez déjà dit. N'en parlons plus, voulez-vous ?

Michel referma le coffre et se détourna pour en ouvrir un deuxième.

— Je suis heureux pour vous.

Elle le regarda fixement, choquée de son indifférence.

— Eh, regardez-moi cela !

Il venait de ramasser un vieux camion métallique et lui tendait un ours en peluche habillé en bateleur. Ces deux jouets, qui devaient avoir appartenu aux garçons de la photo, étaient à présent des pièces recherchées par les musées et les collectionneurs.

— Vous auriez eu intérêt à les emporter plutôt que vos vêtements.

— On ne m'a pas laissé le choix.

Les vautours qui avaient réalisé l'inventaire ne lui avaient même pas permis de garder sa robe de mariée. Ils étaient allés jusqu'à arracher de son cadre un portrait de sa mère pour s'assurer que rien n'était dissimulé à l'intérieur. Anéantie, Sylvie n'avait pas cherché à discuter. Elle ne s'était même pas souciée de remettre la photo dans son cadre. Quelle importance ? Qu'aurait-elle fait d'un vieux portrait, ou d'une robe nuptiale quand son fiancé avait annulé leur mariage le temps que « tout rentre dans l'ordre » ?

Enfin, à quoi bon remuer le passé, alors qu'elle avait un avenir ? Cet avenir, elle le portait dans son ventre…

— Il s'agit bien d'une petite anecdote, dit-elle en lui rendant le jouet. Et parce qu'il a été rangé à l'abri de la lumière, il n'a pas perdu ses couleurs. Je vous conseille de faire bien attention avant de jeter quoi que ce soit. Qui sait, un bon jour, vous pourriez sans doute récupérer aux enchères l'argent que vous avez perdu sur le mariage. Avouez que ce serait piquant.

Pour toute réponse, Michel serra les mâchoires et se pencha vers un autre coffre.

— Et celui-ci ? Tiens, remarqua-t-il en se redressant, pas de camphre ? Les mites n'attaquent-elles pas les vêtements de femmes ?

Sylvie laissa échapper un soupir de dédain et le rejoignit en se faufilant entre les coffres, sans le toucher.

— Ce coffre est de bois de santal. C'est un antimite naturel.

Comme elle disait cela, elle trébucha et dut se retenir à lui pour ne pas tomber. Aussitôt, le bras de Michel se glissa autour de sa taille. L'espace d'un instant, leurs regards se mêlèrent, intenses. Exactement comme dans le parking, quelques mois plus tôt…

— ça va ? demanda-t-il d'une voix douce.

Rêvait-elle ? Il avait l'air véritablement alarmé.

Elle se contraignit à détourner le regard.

— Oui, oui, répondit-elle d'une voix brève. Je crois que c'est ce que je cherchais.

La robe, enveloppée dans du papier de soie, était rangée dans le coffre avec toutes les plus belles tenues de son arrière-grand-mère. Celles dont elle ne se serait séparée pour rien au monde : ses accessoires art-déco, ses chaussures. Elle avait même un modèle de soulier.

— Mon arrière-grand-mère était très élégante, très sophistiquée. Elle était toujours à la pointe de la mode.

La voix étranglée, elle cligna des paupières.

— Ses vêtements étaient destinés à la section des costumes du galerie des chemises, poursuivit-elle. Maman s'était promis de les léguer, mais on pense toujours avoir le temps…

Elle soupira et leva les yeux vers lui.

— Vous ne parlez jamais de votre famille.

Michel tressaillit, son visage se ferma.

— Je n'ai pas de famille.

— Ce n'est pas vrai ! S'exclama-t-elle en portant la main à son ventre.

— Croyez-moi, c'est préférable ainsi, murmurât-il d'une voix si terrible qu'elle n'osa insister. Donc, qu'a-t-elle de si spécial, cette robe ?

Sylvie se tourna lentement vers le coffre et, après s'être frotté les mains à son pantalon, elle déplia le papier de soie. Un long voile de dentelle brodée apparut. Michel le contempla un instant en silence avant de se tourner vers elle.

— Et alors ? Vous comptez le porter pour votre mariage ?

— Ne soyez pas ridicule ! Vous ne croyez tout de même pas que cette dentelle conviendra à une femme dans mon état ? Non, c'est Madeleine qui voulait la voir. Elle m'a suggéré d'en faire une copie...

— Vous ne pouvez pas attendre la naissance du bébé pour... ?

— Non. Célébrités a fixé la date : le mariage doit se tenir ce week-end. Bien sûr, ils n'omettront pas de vous remercier de m'avoir prêté cette robe.

— Ce ne sera pas nécessaire. Je commence à être fatigué des mariages. En fait, j'ai de plus en plus l'impression d'être prisonnier d'un monde où le mot « mariage » est un thème récurrent.

— Pensez-vous être le seul à avoir vu son mariage annulé ? Lâcha-t-elle soudain. Croyez-moi, on survit.

Michel la dévisagea en silence.

— Veuillez m'excuser, j'avais oublié. Cela vous est arrivé à vous aussi, n'est-ce pas ? Je l'ai lu dans un article dans Célébrités, ajouta-t-il comme elle ne disait rien.

— Oh, eux..., rétorqua-t-elle avec un haussement d'épaules. Oui, mon mariage a été annulé trois semaines avant la cérémonie au lieu de trois jours dans votre cas, mais est-ce que cela compte ?

— Et... combien de temps vous a-t-il fallu pour tourner la page ?

— Beaucoup plus longtemps que vous, Michel. Soyons francs, vous n'y pensiez plus dès la minute où vous avez posé la main sur moi...

Sitôt prononcées, elle regretta ces paroles. Pourtant, comment osait-il comparer son expérience à la sienne ? La souffrance d'une jeune fille de dix-neuf ans, abandonnée par l'homme qu'elle aimait depuis l'enfance au moment où elle aurait eu le plus besoin de lui, était sans commune mesure avec les révoltes de sa fierté froissée de mâle.

Toutefois, Michel s'était figé à l'évocation de ce souvenir et la couvait d'un regard sombre, ardent. L'air, soudain chargé d'électricité, était devenu lourd. Oppressée, Sylvie aurait voulu reculer, échapper à l'envie de le toucher, de frissonner de nouveau sous ces caresses dont elle rêvait chaque nuit. Il était si près qu'elle sentait son parfum, un parfum discrètement boisé, très masculin, plus puissant encore que l'odeur du camphre et de la poussière. Pétrifiée, elle laissa échapper un gémissement qui, dans le silence du grenier, résonna comme un coup de tonnerre.

Michel la fit pivoter face à lui.

— Vous croyez ? murmura-t-il.

Comme dans un rêve, elle le vit se pencher vers elle, si près que leurs lèvres s'effleuraient presque.

— J'ai du mal à vous comprendre. Vouliez-vous dire… comme ceci ?

Elle entrouvrait déjà les lèvres pour protester, mais il s'empara de sa bouche en un baiser avide tout en glissant la main sous son ample chemisier de soie en une caresse douce et impérieuse. Parcourue d'un long frisson, elle lâcha la robe qui tomba dans un bruissement.

Elle était folle ! Mais à quoi bon lutter ? Comment résister à l'inéluctable ?

Oui, cette attirance mutuelle, dévastatrice s'était imposée dès l'instant où Michel était entré dans son bureau avec Hélène. Elle l'avait toujours su au fond d'elle-même. Et lui aussi, d'ailleurs, sinon, pourquoi aurait-il fait autant d'efforts pour l'éviter ? Il avait été totalement absent de l'organisation de son propre mariage…

Tendrement, il lui mordilla la lèvre inférieure, en explora les contours avec la langue.

Les jambes flageolantes, elle se haussa sur les pieds et s'accrocha à son cou. Il fallait qu'elle se reprenne… Il fallait qu'elle se reprenne ! Il était sans doute permis de s'emporter une fois au point de perdre la tête… Mais deux fois…

Pourtant, la tête lourde comme du plomb, elle n'avait pas la force de réagir, de rompre le contact. La main de Michel, toutefois, se faufilait vers sa poitrine, effleurant son ventre. Au même instant, comme attiré par ce contact, le bébé donna un coup. Aussitôt, Michel s'écarta. Il contempla la jeune femme d'un regard vide et désolé et retira lentement sa main.

— Une autre fois, peut-être, murmura-t-il. Elle recula en remettant de l'ordre dans sa tenue.

— Certainement pas, répliqua-t-elle d'une voix moins assurée qu'elle ne l'aurait souhaité. De toute façon, vous êtes bien assez intelligent pour comprendre sans que je vous explique.

— Merci pour le compliment, ironisa-t-il.

— Je vous en prie…

Se contraignant à sourire, elle ramassa le voile et le tint devant elle comme un bouclier. Dans les moments difficiles, le rire, la dérision avaient été ses meilleures armes. En prenant les choses à la légère, elle parviendrait sans doute à cohabiter avec Michel pendant les prochains jours. Elle ne désirait pas mieux. Elle ne voulait surtout pas fuir comme dix ans plus tôt, sans la possibilité de faire ses adieux à la ville de Divo.

Et puis, elle n'avait pas abandonné l'espoir de s'expliquer avec Michel. La réaction de ce dernier au mouvement du bébé lui prouvait qu'il n'était pas aussi indifférent à la question qu'il aurait voulu le lui faire penser. Si elle parvenait à lui faire croire, à défaut de le convaincre, qu'elle ne désirait rien obtenir pour elle-même, peut-être… peut-être parviendrait-il à désirer cet enfant.

Mais pour l'heure, il importait surtout de mettre de la distance entre eux.

— Vous m'excuserez, mais je dois montrer cette robe à Madeleine.

— Le mariage avant tout ?

— Pas le mariage. Le spectacle nuptial, plutôt, avec les costumes qui vont avec : des souliers, des gilets mauves… Je suppose que Madeleine est déjà en train de réfléchir au vôtre.

— Donc, vous allez vraiment les porter ? Les chaussures.

— Je crois, oui. Qu'en pensez-vous ?

— Moi ? Rien. C'est au marié de s'adapter. Oh, une dernière chose avant que vous ne partiez, dit-il comme elle se dirigeait vers la porte. Je crois me souvenir que vous m'avez promis de trier les objets stockés dans ce grenier…

— Oui, mais…

— … mais maintenant que vous avez ce que vous souhaitez, je vois que vous avez hâte de vous échapper.

Sylvie ne put s'empêcher de sourire.

— C'est que nous en aurions pour une petite heure, et je n'ai pas le temps en ce moment.

Elle jeta un coup d'œil circulaire à la pièce.

— Qu'allez-vous faire de tout cela ?

— Je ne vois pas en quoi cela vous regarde, puisque tout ceci m'appartient.

Sylvie le regarda fixement et mordit sa lèvre en secouant la tête.

— Oui. Vous avez raison.

Il la considéra d'un œil rétréci.

— Vous n'êtes pas sincère. Vous désirez quelque chose. L'ours ? Les vêtements de votre arrière-grand-mère ?

Pourquoi s'amusait-il à la tenter ainsi ? Avait-il mauvaise conscience ? Ou disait-il cela par cruauté ?

— A vrai dire, oui. J'aimerais quelque chose pour moi. Mais ce n'est pas nécessaire.

Il y avait longtemps qu'elle avait fait le deuil de son passé.

— Pourquoi ne laissez-vous pas tout en l'état ?

— J'ai besoin de faire de la place. Allons, n'éludez pas ma question.

Elle leva les yeux vers lui. Pouvait-elle lui faire cette demande ? Il avait l'air sérieux...

— Je ne désire rien pour moi. Vraiment. En revanche, puisque vous ne voulez rien garder, vous pourriez peut-être mettre certains objets aux enchères pour aider le Club ? Il la dévisagea en silence.

— Le Club. C'est l'association de votre mère, n'est-ce pas ? Quelle est sa mission, exactement ?

— Elle apporte un soutien matériel et moral aux femmes atteintes de cancer ainsi qu'à leurs familles. Maman s'était rendu compte que toutes les patientes n'avaient pas sa chance.

— Vous voulez dire, un traitement personnalisé ? Pas de liste d'attente ?

— Le cancer est une guerre, Michel. Les balles ne distinguent pas les officiers des simples soldats.

— Pardon. C'était cruel de ma part.

Sylvie eut un haussement d'épaules à peine perceptible.

— Oui, mais vous avez raison. Elle avait une chambre pour elle toute seule, les meilleurs traitements, les meilleurs médecins. Pourtant, elle ne s'en est pas satisfaite égoïstement. Elle était heureuse d'aider les femmes qui n'avaient pas sa chance.

— Cela ne l'a pas empêchée de mourir.

Liliane l'avait renseigné sur la famille de Sylvie pendant son petit déjeuner. Occupé de ses projets professionnels, il ne l'avait écoutée que d'une oreille, mais il avait retenu que Annie était décédée.

— Pas d'un cancer. D'un accident de voiture, un jour qu'elle se rendait à Abidjan pour essayer de régler nos histoires.

D'un geste las de la main, elle désigna les coffres qui les entouraient.

— Il pleuvait, ce jour-là. Elle était énervée. J'aurais dû l'accompagner au lieu de me comporter comme une adolescente capricieuse.

La gorge serrée, elle passa la main dans ses cheveux, et Michel réprima le désir de la serrer dans ses bras, de la consoler. Mais elle se ressaisit tout de suite.

— On ne peut pas changer le passé, soupirat-elle. Ecoutez, vous vous êtes déjà montré très généreux en nous donnant libre accès à la maison. Il faut que je m'en aille.

Michel opina en silence. Elle se retourna en atteignant la porte.

— Si vous voulez, je pourrai vous donner un coup de main plus tard… si vous envisagez de rester ?

Décelait-il un accent d'espoir dans sa voix ? Un désir fervent de lui laisser le champ libre pour se replonger dans ses souvenirs familiaux et faire comme si rien n'avait changé ?

Ou alors, attendait-elle quelqu'un ?

— Oui, je reste, dit-il d'une voix ferme. Si vous avez un peu de temps libre en fin de journée, je serai d'accord pour que vous m'aidiez à ranger.

— Pourquoi pas ? Il n'y a rien à la télévision, ce soir. Mais pensez à changer cette ampoule. On n'y voit rien, dans ce grenier.

Il ne put s'empêcher de sourire de son autorité. On aurait dit une châtelaine des temps jadis. Elle était irrésistible.

— Je demanderai à M. Kouadio de la remplacer, répliqua-t-il.

Histoire de lui rappeler qu'il était ici chez lui, et seule habilité à donner des ordres.

# 8.

— Oh, Sylvie, c'est superbe ! S'extasia Madeleine en examinant la dentelle. Absolument superbe. Quelle délicatesse ! De fabrication française, je présume ?

— Sans aucun doute. Grand-mère Marceline n'a jamais voulu que le meilleur. Mais cette robe a été créée pour une jeune fille. Elle avait à peine dix-neuf ans lorsqu'elle s'est mariée, précisa Sylvie avec un léger haussement d'épaules comme pour dire : « Incroyable, non ? »

— Oui, vous avez raison. Pour vous, j'ai dessiné une tenue beaucoup plus sophistiquée : ample, ondoyante, comme vous les aimez. Mais sans voile. J'ai pensé qu'une veste évasée avec des manches larges et retournées ferait très bien. Tenez, regardez, dit-elle en lui montrant les croquis.

Sylvie laissa fuser un murmure de surprise.

— C'est magnifique, Madeleine. Vraiment parfait.

Mais… la coiffure ?

— C'est une tiare : élégant, mais simple, expliqua-t-elle avec un grand sourire.

— Ne me parlez pas de simplicité. J'ai dû acheter les chaussures mauves. J'avais oublié que je les avais aux pieds.

— Ce n'est pas grave ! A toute chose, malheur est bon. Que diriez-vous d'une veste mauve ?

— Décidément, rien ne vous arrête.

Madeleine eut un petit rire.

— Je m'occupe de la tiare, si vous voulez. La bijoutière qui les fabrique pour moi expose justement au Festival. Me permettrez-vous de relever le mauve d'une pointe de vert tendre ?

Vous n'êtes pas superstitieuse ?

— Non.

De toute façon, elle avait tout fait dans les règles dix ans plus tôt, ce qui n'avait pas empêché son mariage d'être un véritable fiasco. Et puis, les noces de ce week-end n'étaient qu'une mise en scène. Elle n'avait donc rien à craindre.

— Je vous enverrai un échantillon de couleurs pour…

— Ne vous inquiétez pas, l'interrompit Madeleine. Je me le procurerai demain matin, lorsque j'aurai terminé mes croquis et choisi mes coupons. En attendant, réfléchissez encore à cette robe.

— Entendu. Bien, je dois me dépêcher : j'ai rendez-vous avec le traiteur, le fleuriste et le pâtissier.

Et, pour couronner le tout, avec le diable lui-même. Un homme dont la simple présence lui donnait le frisson… Un homme qui, pour la première fois depuis des années, lui apportait l'impression d'être désirable… désirée… Pathétique illusion.

Elle n'était rien pour lui. Une conquête parmi d'autres, qu'il avait séduite pour assouvir une vengeance personnelle. La presse à scandales aurait fait ses choux gras de cette histoire. Pourtant, il n'avait jamais cherché à la divulguer. Il aurait pu, cependant : il avait le bon rôle, tout le monde aurait pris son parti. C'était à mettre à son actif. A moins qu'il ait eu peur d'un quelconque chantage…

Sylvie fronça les sourcils. Craignait-il de devenir père ? Tout à l'heure, il lui avait dit qu'il n'avait pas de famille.

Cela pouvait en partie expliquer ses difficultés à exprimer ses émotions… sa froideur devant la trahison de Hélène… son incapacité à lier l'amour physique à des sentiments plus profonds… son indifférence vis-à-vis du bébé. Peut-être.

Auquel cas, il n'était pas étonnant qu'il ait ignoré sa lettre…

Le cœur lourd, elle se dirigea avec un sourire forcé vers le buffet du traiteur.

— Comme ça sent bon !

Exténuée, Sylvie jeta sur la table de la cuisine un dossier volumineux rempli de menus somptuaires, de croquis de mode, de photos de bouquets et de gâteaux extravagants. Michel, occupé à confectionner une purée de pommes de terre, releva la tête et sourit.

— C'est un émincé de bœuf ? demanda-t-elle.

— C'est bien du bœuf. Pour le reste, vous devrez demander à Mme Kouadio. Moi, je m'occupe des légumes.

Elle passa un doigt sur la manche qu'il lui tendait.

— Mmmh. Du beurre et de l'ail. Enfin de la vraie nourriture !

— Il y en a largement pour deux.

— Vous êtes sûr ? Je vous préviens que je meurs de faim.

— Tiens donc. Une femme avec de l'appétit. Il est vrai que vous mangez pour deux.

— Oh, je n'ai jamais raffolé de la salade, dit-elle en prenant deux assiettes dans le buffet. Où est Mme Kouadio ?

— Elle se repose. Elle a été sur la brèche toute la journée, avec ces hordes de goinfres qui lui demandaient à tout bout de champ des petits biscuits, du thé et des sandwichs. Ils vont finir par nous chasser de la maison, si nous n'y prenons pas garde. Nous ?

C'était une façon de parler, certainement, mais Sylvie en éprouva un frisson délicieux.

— Envoyez la note à Célébrités. C'est leur festival, après tout.

— Vous croyez ?

— Bien sûr. Ce n'est rien, pour eux. Si vous leur aviez accordé la couverture de votre mariage, vous n'auriez rien eu à payer.

— Pour les voir faire des gorges chaudes de mes mésaventures ? Non merci.

— Ne vous plaignez pas, Michel, dit-elle avec un sourire épanoui. Le mois dernier, j'ai organisé un mariage au cours duquel la fiancée arrivait sur un éléphant…

— Suffit ! Arrêtez !

— Et je ne vous parle pas du lâcher de papillons.

— Je ne veux pas entendre, répliqua-t-il en souriant.

— Bien, bien. Mais ne vous inquiétez pas au sujet de Mme Kouadio. Même si elle n'a pas dû chômer, aujourd'hui.

— Bien sûr, avec tous ces pique-assiettes.

— Mais non. Rien ne l'obligeait à faire des petits gâteaux. Je suis sûre que les ouvriers avaient apporté leur Thermos et des sandwichs.

Michel eut un grognement désapprobateur. Tandis qu'il servait l'émincé, Sylvie disposa des couverts sur la table et s'assit.

— Je croyais que ce gala était votre initiative.

— Bon, si vous le désirez, envoyez-moi la note et je la ferai parvenir à Célébrités. Et je vous promets que je ne vous obligerai pas à la relire point par point.

Il leva les yeux et sourit.

— Ah bon ? Et si j'insiste ?

Sylvie rougit. Quelle idiote ! Faisait-elle exprès de tenter le diable ?

— Mais demain, ils devront se débrouiller tout seuls, décréta-t-il en s'asseyant vis-à-vis d'elle.

Elle s'éclaircit la gorge.

— Bien. Voulez-vous dire à Mme Kouadio que vous allez lui gâcher son plaisir ? Ou préférez-vous que ce soit moi qui m'en charge ?

Il secoua la tête en réprimant un sourire et remplit leur verre de vin.

— Dites-lui simplement de ne pas trop en faire. Après tout, je ne lui demande pas d'être aux petits soins avec moi.

— Je peux me tromper, dit-elle en se levant pour aller chercher une bouteille d'eau, mais je crois qu'elle est déçue de ne pas avoir eu la chance de mettre les petits plats dans les grands et de montrer au nouveau maître de maison tout ce dont elle est capable.

Au mot « maître », Michel eut un soupir dédaigneux.

— Et puis, poursuivit-elle, elle se fait sans doute du souci pour leur avenir, à elle et à son mari. Ils ont tous les deux une pension, mais ils vivent dans le cottage depuis plus de trente ans.

— Je ne pense pas que quiconque s'en soit préoccupé lorsque les créanciers sont venus.

— Eh bien, vous avez tort. Ma mère avait leur avenir très à cœur. Elle comptait faire en sorte que le bail leur soit concédé à vie. Je ne dis pas cela pour vous imposer la moindre obligation, Michel. Je vous tiens seulement au courant de ce qui s'est passé.

Il la dévisagea un instant avant d'opiner.

— Je vais y réfléchir.

— Merci. Au fait, où est Liliane ? N'a-t-elle pas faim ?

— Elle a profité de ma présence ici pour retourner quelques jours à Abidjan afin d'éviter de perdre le fil des affaires. Nous sommes donc seuls, vous et moi, et les fantômes, sourit-il en levant son verre en guise de salut ironique.

Les fantômes… Bien sûr, il n'avait jamais manqué une occasion de lui montrer son mépris pour l'aristocratie rurale à laquelle sa famille appartenait. Nul doute qu'il prendrait plaisir à transformer cette vénérable maison familiale en centre de conférences.

Pourquoi pas, après tout ?

Elle-même était fatiguée de sa carrière dans l'événementiel. Toutes ces années passées à imaginer de nouvelles façons d'amener ses clients à dépenser des sommes folles lui semblaient maintenant tellement creuses… Il était temps de passer à autre chose, une activité moins superficielle. Lorsqu'elle en aurait terminé avec ce festival, elle soumettrait à Bernadette l'idée d'un partenariat dans lequel elle lui déléguerait tout le côté «

léger » de son activité pour se concentrer sur des missions plus sérieuses.

Elle se remplit un verre d'eau et lui rendit son toast.

— Aux fantômes... Ou plutôt, à mes anges tutélaires. Nous sommes de la même famille, alors, faites attention.

— D'accord. S'ils me menacent, je viendrai me réfugier dans votre chambre.

Sylvie faillit s'étrangler en avalant une bouchée d'émincé, puis éclata de rire.

— Et pourquoi devrais-je vous protéger ?

— Parce que tout est votre faute, dit-il en désignant la pièce d'un mouvement de sa fourchette. Si vous aviez mieux surveillé vos employés, Hélène aurait eu son domaine et le maquis de Divo serait resté en l'état pendant cinquante ans.

Les yeux écarquillés, les lèvres figées par le choc, elle le dévisagea.

— Vous avez acheté le maquis de Divo pour Hélène ?

Il détourna le regard et piqua son émincé du bout de sa fourchette.

— Pensez-vous qu'elle serait partie avec Raoul si elle l'avait su ?

— Hélène a toujours eu pour ambition déclarée d'épouser un millionnaire, et elle en a souvent eu la possibilité.

— Je sais, admit-il avec un haussement d'épaules. Ses histoires d'amour ont toujours fait le bonheur d'une certaine presse.

— Et ses ruptures fracassantes aussi.

— Donc, pour vous, je ne suis que le dernier d'une longue liste ?

— Non, pas vraiment. Longtemps, j'ai cru qu'elle espérait trouver mieux : plus riche, plus intéressant, plus excitant. Comme vous, en quelque sorte. Et pourtant, elle vous a quitté…

Le visage de Michel s'égaya d'un sourire.

— Je crois que vous venez de me faire un compliment.

— Et vous avez raison, sourit-elle en retour. J'ai beaucoup réfléchi à toute cette histoire depuis que je les ai vus ensemble, à leur retour de lune de miel. Elle ne vous a pas quitté pour un rival plus riche, plus intéressant, mais pour un jeune homme adorable qui n'avait rien d'autre à lui offrir que son amour.

— Et la perspective d'un titre.

— Pas forcément. Dans la famille de Quentin, les titres ne se transmettent qu'à l'âge de la retraite.

— Alors, pourquoi ?

— Pourquoi l'a-t-elle épousé ? Sans doute parce qu'elle avait finalement trouvé ce qu'elle recherchait depuis si longtemps. L'ingrédient qui manquait... Ils s'aiment, expliqua-t-elle comme il fronçait les sourcils. Je suis désolée, mais l'amour l'emporte sur les diamants, sur la renommée, sur tout.

— Je suis heureux pour elle. Vraiment, insista-t-il. Au début, nous avions tous les deux trouvé notre compte dans cette relation, mais nous n'avons jamais été jusqu'à penser que nous étions amoureux l'un de l'autre.

— Le réalisme est un ingrédient indispensable dans une vie de couple. Rien n'est pire que la désillusion.

— En théorie, oui. Mais vous n'avez pas répondu à ma question, la relança-t-il après un silence.

— Vous voulez savoir si la perspective d'obtenir le maquis aurait incité Hélène à vous épouser ? Regrettez-vous de ne pas lui avoir posé cette question vous-même ?

— Je ne sais pas. Je ne peux pas vous répondre.

— Eh bien, pour tout vous dire, Hélène et moi, nous nous connaissons depuis l'âge de douze ans et jamais je ne l'ai vue aussi… impliquée. A tel point que je ne pense pas que les joyaux de la Couronne l'auraient fait hésiter.

— Dans ce cas, je suis heureux de ne pas lui en avoir parlé. Comment se sont passés les préparatifs de cet après-midi ? La robe vous convient-elle ?

— Madeleine est contente, répondit-elle.

— Et vous ?

Sylvie haussa les épaules.

— C'est son spectacle, et je suis sûre que le résultat sera époustouflant. A vrai dire, j'ai hâte d'en finir.

Michel la regarda fixement.

— Un mariage est censé être un jour de fête… le plus beau jour de la vie d'une femme.

— Oui, sans doute, mais pour tout dire, mon rêve serait d'en confier l'organisation à quelqu'un d'autre. Mon assistante, par exemple. Elle aurait fait un excellent travail. Je comprends enfin l'intérêt de faire appel à un organisateur de mariages.

Michel la considéra avec inquiétude. Elle avait les yeux cernés et, bien qu'elle ait affirmé mourir de faim, elle avait à peine touché à son assiette. Clairement, elle était surmenée. Où donc était son fiancé ? Le père de son bébé ? Pourquoi la laissait-il se démener toute seule ?

— Pardonnez ma franchise, Sylvie, mais vous n'avez pas l'air de prendre beaucoup de plaisir à ces préparatifs.

— Croyez-moi, sans la certitude d'aider une association caritative qui me tient à cœur, je n'aurais jamais accepté de participer.

Michel fronça les sourcils, intrigué.

— Combien Célébrités vous a-t-il offert pour couvrir ce mariage ?

— Pas assez pour toute la peine qu'il me coûte ! s'exclama-t-elle en riant. Ni pour les délais qu'ils m'imposent.

— A cause de cette Fête du Mariage ?

Etait-ce pour cela que son comte, si récemment libéré d'un mariage, rechignait à la secourir ?

— Pourtant, votre expérience devrait vous aider.

— Vous croyez ? soupira-t-elle en jouant avec le contenu de son assiette. Oui, je suppose. Je l'ai fait des centaines de fois pour d'autres. Le problème, c'est que j'ai une réputation à tenir. Mon « mariage » doit être différent, original… Unique.

Elle avait dit cela d'un air blasé, en complet désaccord avec ses propos.

— Donc, quel est le problème ?

— Il me faut un thème. Normalement, c'est la mariée qui m'apporte son enthousiasme, ses idées… Parfois trop, même.

— Mais pour votre propre mariage, vous avez une panne d'inspiration ?

— Ridicule, n'est-ce pas ? J'ai déjà vécu toute cette mascarade il y a dix ans. Et j'avais passé des mois à planifier jusqu'au moindre détail.

— Aujourd'hui, une deuxième chance vous est offerte.

Elle leva vers lui un regard brillant.

— Oui ! Voilà le problème. Tout était parfait. Trop parfait, ajouta-t-elle avec un sourire triste. J'énerve toujours Josie en lui demandant de trouver un défaut, quelque chose qui cloche dans

nos événements…

— Les Arabes laissent volontairement de petites erreurs dans leurs tapis parce que la perfection est l'apanage de Dieu.

— Tout à fait ! C'est tout à fait cela. Lorsque Jérémie et moi étions enfants, nos familles envisageaient déjà un mariage arrangé. Et nous sommes tombés amoureux.

— Comme cela collait bien !

— Vous pensez que nos parents nous avaient préparés à cette idée ?

— Je ne m'aventurerais pas à l'affirmer, s'empressa-t-il de dire.

— Mais pourtant, vous venez de le faire. C'était le mariage parfait… jusqu'à la mort de mon grand-père et l'arrivée des créanciers.

Sa mère, aussi, était décédée peu de temps après.

— Et Jérémie ? Que lui est-il arrivé ?

— Oh, sa société lui a trouvé un poste à Yamoussoukro.

— Il travaillait à la Coopec comme directeur ?

— En effet.

— Et il a été éloigné le temps que votre relation meure de sa belle mort.

Sylvie opina, les larmes aux yeux. Submergé par un sentiment d'impuissance, il posa sa main sur la sienne. Elle redressa vivement la tête.

— Je suis désolé, Sylvie, murmura-t-il en retirant sa main.

— Ce n'est pas la peine.

Non, en effet. Dix ans plus tard, elle le tenait enfin, son happy end. Mais alors, pourquoi ses yeux brillaient-ils de larmes ?

— On se marie pour le meilleur et pour le pire, n'est-ce pas ? Je crois que nous étions beaucoup trop jeunes, beaucoup trop immatures pour accepter « le pire ». Au moins, de cette manière, nous n'avons pas grossi les statistiques du divorce.

Sans doute… Avec le temps, même les blessures les plus cruelles finissent par cicatriser et Jérémie, qui venait d'hériter du titre de comte, retrouvait enfin son amour d'enfance.

— Puis-je vous aider en quelque chose ?

— Pardon ?

— Eh bien, pour le mariage.

— Vous plaisantez, je suppose ?

Elle éclata de rire, un rire franc, qui rebondissait comme une cascade.

— ça y est, je comprends. Vous espérez qu'en accélérant les choses, je partirai plus vite.

— Tout à fait, mentit-il.

Au contraire, il n'aurait rien demandé de mieux que de partager son repas avec elle tous les soirs de sa vie. Mais certaines choses relevaient de l'impossible.

— Donc, reprit-il, le problème de la robe est réglé. Ensuite ? Allons, c'est une thérapie, expliqua-t-il comme elle le dévisageait d'un air incertain. Il faut affronter vos phobies pour pouvoir les vaincre.

— Oh. Si vous le dites… Eh bien, il reste le casse-tête du repas. Mais un homme aussi doué que vous pour confectionner une purée devrait pouvoir m'aider, sourit-elle.

— Un homme qui vit seul doit savoir cuisiner.

Ah bon ? J'aurais pensé que plus d'une femme serait ravie de vous prouver ses talents en la matière.

— Pas celles que je fréquente.

Sylvie rougit.

— Vous devriez pouvoir m'aider, alors, dit-elle en poussant avec précipitation les brochures vers lui. Quel serait votre déjeuner de mariage préféré ?

Son regard avait quelque chose d'intense, qui semblait sous-entendre un sens caché… Mais lequel ?

— Oh, rien que de très simple.

— Etonnez-moi, fit-elle avec un haussement d'épaules.

Il prit les brochures, mais continua de la considérer avec intensité. Elle n'était pas sophistiquée comme l'était Hélène, mais elle avait un je-ne-sais-quoi de touchant, d'émouvant, un curieux mélange de force et de vulnérabilité qui le troublait au plus haut point.

Mais elle portait l'enfant d'un autre. Un homme qui n'avait pas hésité à l'abandonner au pire moment, et qui, des années plus tard, semblait n'avoir aucun scrupule à reprendre leur relation comme si rien ne s'était passé.

— Je vais jeter un œil à ces brochures, mais vous, pendant ce temps, mangez donc un peu.

Il crut un moment qu'elle allait se dérober, mais elle prit sa fourchette et se mit à picorer dans son assiette, sans doute pour chasser son embarras. Michel la regarda encore quelques instants pour s'assurer qu'elle ne boudait pas son repas, puis il se concentra sur les menus.

Sylvie, de son côté, lui jetait de brefs regards tout en mangeant. Cette discussion lui avait fait du bien. Elle lui avait permis d'enterrer les derniers vestiges de la souffrance que Jérémie lui avait infligée. Jusqu'à peu, elle ne pouvait songer à lui sans pleurer. Depuis dix ans, l'amertume de sa trahison avait été ranimée par chacune des nouvelles qu'elle avait reçues : sa rencontre avec une héritière, leur mariage, la naissance de leurs enfants. Il avait été son premier amour. Le seul. Personne à part lui ne l'avait touchée jusqu'à ce que Michel Koffi la réveille à la vie.

Mais maintenant, elle en avait vraiment fini avec Jérémie. A vrai dire, lorsqu'elle l'avait revu, quelque temps auparavant, lors d'une réception, elle s'était même étonnée d'avoir tellement souffert pour un homme aussi vain, aussi creux. D'un autre côté, elle n'était plus la jeune fille obéissante et impressionnable qu'elle avait été.

Michel, cependant, leva la tête des brochures avec une expression de dégoût.

— Est-ce vraiment cela qu'on mange dans un mariage ? Des amuse-gueules… des toasts au saumon… Nous pouvons mieux faire, non ?

Encore nous… A ce mot, une étrange chaleur s'empara de la jeune femme.

Le problème, c'est la présentation. Le repas doit être un plaisir pour l'œil autant que pour le palais afin d'être « réussi ».

— Réussi pour vous ou pour Célébrités ?

— Quelle est la différence ?

— C'est pourtant vous qui vous mariez ! Que choisiriez-vous, personnellement, si vous ne deviez pas satisfaire les caprices d'un magazine people ?

Sylvie haussa les sourcils comme pour dire « Quelle importance ? »

— Ils payent cher pour cela. Et puis, il y a les exposants. Cette fête représente une chance pour eux.

— Mais c'est votre mariage. Vos désirs devraient passer en premier.

— Si seulement c'était vrai ! dit-elle avec un petit rire. Mais je ne pense pas que dix minutes en présence du maire et de deux témoins suivies d'un dîner au bistrot du coin fassent l'affaire.

— C'est cela, votre mariage de rêve ?

— Oui. Quelque chose de simple, sans cérémonie. Cela reste entre vous et moi, bien entendu, ajouta-t-elle comme il la regardait d'un air pensif.

— Bien sûr. Que dirait-on si l'on venait à savoir que l'organisatrice des mariages les plus en vogue du pays déteste… les mariages ?

— Je n'ai pas dit cela !

— Ah bon ? Alors, c'est votre propre mariage qui vous pose problème ?

— Mais non ! Seulement… c'est un peu précipité. Et puis, je n'arrive pas à trouver mon thème.

— Pourquoi n'attendez-vous pas la naissance du bébé ? N'est-ce pas ce que font les célébrités ?

— Je ne suis pas une célébrité, lâcha-t-elle sèchement. Par ailleurs, la Foire au Mariage se déroule ce week-end.

— Il y en aura bien d'autres.

— On compte sur moi, Michel, et je n'ai pas l'habitude de me défiler.

— Donc, vous allez endurer tout ce carnaval pour le bien de votre association ?

— C'est un don important qui leur est offert. Avec cet argent, nous pourrons faire beaucoup de choses. Et puis, je veux aider les artisans locaux.

— C'est tout ?

— N'est-ce pas suffisant ?

Michel haussa les épaules avec irritation puis, après un silence, répéta, comme à part lui :

— Un dîner au bistrot du coin ?

— Tout à fait. Avec grillades et poisson frais. Quelque chose de facile à faire, à manger entre amis autour d'une table chaleureuse…

— Cela m'a l'air infiniment plus appétissant que tout ce que j'ai pu lire là-dedans, répondit-il en désignant d'un doigt dédaigneux la pile de menus. J'ignorais que le saumon pouvait s'apprêter de toutes ces manières.

Elle eut une grimace de dégoût.

— Je déteste le saumon. C'est tellement… tellement…

Rose ? proposa-t-il avec un sourire.

— Tout à fait. Rose et insipide. Allons, dit-elle en ramassant les assiettes et en se levant, rangeons tout cela et montons au grenier pour faire cet inventaire.

— Plus tard. Asseyez-vous, je vous apporte un café.

— Je vous demande pardon ?

— Vous n'avez pas arrêté de courir toute la journée. Reposez-vous donc un peu.

— Merci beaucoup, Michel. Grâce à vous, je me sens aussi séduisante qu'une…

— Vous êtes splendide. Belle comme seule peut l'être une femme enceinte.

— Vous voulez dire, grosse ?

— Epanouie.

— C'est un euphémisme pour dire grosse.

— Resplendissante, ravissante, poursuivit-il en posant les mains sur la table et en se penchant vers elle. Mais vous le seriez davantage encore sans ces cernes.

— Grosse et fatiguée. Quoi d'autre encore ?

— Eh bien, puisque vous insistez, vos joues semblent plus creuses.

Elle allait protester lorsqu'elle vit dans son regard un éclat rieur.

— Grosse, fatiguée et émaciée, soupira-t-elle en souriant. Et vous avez eu la charité de ne pas parler de mes chevilles enflées.

— Vos chevilles ne sont pas enflées, répliquat-il aussitôt. Ne vous inquiétez pas, se reprit-il.

Je suis sûr qu'un bon photographe vous mettra à votre avantage.

— Oh, le photographe, grogna-t-elle. Je l'avais oublié, celui-là. J'ai la tête comme un gruyère.

— Raison de plus pour aller vous reposer dans la bibliothèque, devant un bon feu de cheminée.

— Monsieur Kouadio a allumé un feu ? Qu'il est gentil !

— C'est moi qui l'ai fait, cet après-midi. Allez donc vous détendre.

Sylvie se leva avec un large sourire. C'était un des inconvénients de la vie de célibataire : personne ne vous proposait de vous reposer, de prendre une tasse de café… De café ?

— Michel, pas de café pour moi. Une infusion fera mieux l'affaire. Les sachets se trouvent…

Il se pencha vers elle et l'interrompit d'un baiser ravageur. Le souffle coupé, elle trébucha et posa les mains sur la table pour ne pas tomber. Il l'embrassait avec la tendresse avide d'un homme véritablement amoureux. S'illusionnait-elle ? Pouvait-il l'aimer sans désirer l'enfant qu'elle attendait de lui ? Apparemment non, puisqu'il s'écarta d'elle, le visage fermé.

— … dans le placard, acheva-t-elle dans un murmure.

Incapable de soutenir sa présence, elle ramassa les brochures à la va-vite et s’empressa de sortir.

# 9.

Michel demeura un long moment comme pétrifié, puis il s'effondra sur une chaise et se prit le visage dans les mains, s'efforçant au calme, à la raison.

Pendant un instant, il avait été sûr qu'elle lui rendrait son baiser. Qu'elle nouerait les bras autour de son cou tandis qu'il laissait libre cours à ses sentiments. Seulement, cette fois-ci, elle ne l'avait pas suivi dans sa folie. Il avait senti en elle une hésitation presque imperceptible, mais bien réelle pourtant, et avait préféré s'arrêter.

Aucune femme ne lui avait fait cet effet. Aucune. Mais cette femme se destinait à un autre. Sa présence le mettait au supplice. La raison lui suggérait de s'en aller par la petite porte et de repartir immédiatement pour Yamoussoukro, mais d'un autre côté, fuir n'était pas une solution, et il le savait. Cela ne résolvait rien, au contraire.

Il se passa les mains dans les cheveux et, les yeux perdus au plafond, lâcha un long et lent soupir.

Il avait vécu sans amour pendant si longtemps qu'il en avait presque perdu le souvenir. De ce sentiment estompé, il se rappelait seulement les conséquences : la souffrance, le désarroi. L'amour, il en était resté un témoin à distance, en observant, parmi ses amis, la valse incompréhensible des couples qui se faisaient et se défaisaient au fil des années. Cette énigme, il avait espéré la résoudre par un mariage parfait avec une femme trophée. Une femme qui ne recherchait aucun engagement émotionnel.

Et puis, il avait fait la connaissance de Sylvie Niango, et son « mariage parfait » l'était soudain devenu beaucoup moins. Cependant, il était un homme de parole et n'aurait jamais trahi Hélène. Même après l'abandon de celle-ci, il hésitait encore à laisser s'épanouir des sentiments qu'il peinait à comprendre. Il n'avait pas su dire à temps les paroles qui auraient pu tout arranger.

Et, pour la deuxième fois de sa vie, il avait amené une femme au bord des larmes.

En punition, il était réduit à observer les préparatifs du mariage de la femme qu'il aimait, alors même qu'elle envisageait cet événement sans la moindre excitation ni la moindre joie.

Mais elle était enceinte…

Il s'appuya contre l'évier et ouvrit le robinet, mais au lieu de remplir la bouilloire, il s'aspergea le visage à grande eau pour rafraîchir ses lèvres brûlantes de leur baiser. Et comme ce remède restait sans effet, il pencha la tête sous le jet d'eau glacée.

Sylvie se laissa tomber dans un des fauteuils de cuir disposés devant la cheminée de la bibliothèque. Percluse de fatigue, elle ferma les yeux et s'abandonna au réconfort du feu.

Il y avait de quoi désespérer. L'attirance qu'ils avaient éprouvée l'un pour l'autre au premier regard n'avait pas diminué, au contraire. Et pourtant, un obstacle, une sorte de barrière invisible persistait à se dresser entre eux, infranchissable, incompréhensible.

Michel était-il à ce point réticent à l'idée d'avoir un enfant ? Elle n'en était plus sûre. Son intérêt pour le maquis de Divo suggérait le contraire. Il semblait apprécier le domaine précisément pour son côté familial.

Alors, qu'est-ce qui le retenait ?

S'il préférait un arrangement à l'amiable, eh bien, elle pouvait sans problème remplacer Hélène. Après tout, elles étaient du même monde, avaient grandi ensemble, fréquentaient les mêmes personnes. Il aurait eu meilleur compte à l'épouser, elle. D'abord, elle ne lui aurait jamais fait l'affront de l'abandonner au pied de l'autel. Ensuite, elle n'avait pas les goûts de luxe de Hélène. Au contraire, elle était indépendante et subvenait à ses propres besoins.

C'étaient peut-être les implants en silicone qui lui manquaient, pensa-t-elle en bâillant. Ou alors, des lentilles de contact bleu saphir…

— Si c'est vraiment ce qu'il veut, murmurât-elle en caressant son ventre, alors ma petite, il faudra nous débrouiller.

Michel s'arrêta sur le seuil de la bibliothèque. Lovée dans un ample fauteuil en cuir, les jambes allongées, la tête appuyée au dossier, Sylvie dormait paisiblement. La vue de ce corps abandonné à la paix du sommeil éveilla en lui un impérieux sentiment de protection. Il s'étonna de cette émotion étrange, si nouvelle pour lui. Etait-ce cela, l'amour ?

Lentement, doucement, il déposa le plateau sur une table proche et s'assit en face d'elle, heureux de pouvoir la contempler tout à sa guise. Mais sans doute avait-elle senti sa présence car, au bout de quelques instants, ses yeux papillotèrent et elle se réveilla. Elle sourit en reconnaissant l'endroit où elle se trouvait, puis son regard tomba sur Michel, et elle se redressa, confuse.

— Oh, mon Dieu, ne me dites pas que je ronflais !

— Comme une bienheureuse…

— Vraiment ? Chez moi, les voisins se plaignent.

— C'est vrai, mais je me suis montré indulgent… Un biscuit ? proposa-t-il en lui tendant une assiette.

— Les remèdes miracles de Mme Kouadio ?

Qui peut y résister ?

— Pas moi, répondit-il en croquant dans un sablé. Je vois que le nom du domaine est écrit sur les gâteaux. Mme Kouadio pourrait les commercialiser.

— Sous quel nom ? « Centre de conférences de Divo » ?

Il resta un instant silencieux puis, éludant la question, remarqua :

— Lorsque vous m'avez demandé si j'avais acheté ce domaine pour Hélène, je crains de vous avoir donné une mauvaise idée de mes motivations.

— Ce projet de centre de conférences n'était-il pas dès le début dans vos intentions ?

Il secoua la tête avec fermeté.

— Non. C'était pour elle que je l'ai acheté. En cadeau de mariage. Mais lorsque j'y suis venu pour la première fois, j'ai eu l'impression d'entrer dans une demeure familiale comme j'en avais toujours rêvé. Des cirés et des bottes en caoutchouc traînaient dans le garage et partout, les tapis paraissaient avoir été usés par des générations de chiens.

— Et le mobilier typique était d'une maison de campagne. En d'autres termes, miteux.

— Pas du tout. Confortable. Accueillant.

— Je n'ai pas dit le contraire.

— Hélène aurait changé tout cela, n'est-ce pas ? Elle aurait recruté un décorateur tendance pour changer le style de la maison.

— Probablement, bâilla-t-elle, mais cela n'a pas trop d'importance, maintenant, n'est-ce pas ?

Comme il ne répondait pas, elle s'étira langoureusement.

— Quel bonheur, dit-elle en grignotant un biscuit. J'ai l'impression de revivre mes goûters d'enfance, les dimanches après-midi.

— Parlez-moi de cette époque, Sylvie.

— J'aimerais davantage que vous me parliez de votre enfance à vous.

— Non, je ne pense pas. Je n'ai pas lieu d'être nostalgique. Allons, dites-moi tout. Je veux tout savoir, des tartines de beurre aux assortiments de gâteaux…

— Nous n'avions jamais d'assortiments. Maman ne voulait pas me gâter.

— Je parie que vous aviez des petits gâteaux grillés. Ou alors, des muffins.

— Non. Nous avions toujours des blinis.

— Vous les faisiez griller au feu de bois ?

Sylvie éclata de rire.

— ça y est, je vous remets, Michel. Vous étiez ce petit garçon qui nous espionnait, le nez collé aux fenêtres.

— J'aurais bien aimé, dit-il, gagné par sa gaieté. Seulement, à cette époque-là, je faisais les quatre cents coups dans les fêtes foraines. Mais si je m'étais tenu à vos fenêtres, vous m'auriez invité, n'est-ce pas ? Un petit ange blond comme vous n'aurait pas hésité une seconde à m'offrir des gâteaux au miel et de la tarte aux cerises.

Il s'interrompit pour attiser le feu avec une bûche.

— Pour moi, vous auriez défié votre père, même s'il m'avait pourchassé avec un fusil.

Aussitôt, le sourire de Sylvie mourut sur ses lèvres.

— Mon père vous aurait laissé tranquille, Michel. Il ne passait jamais les dimanches avec nous.

Elle avait dit cela avec calme, mais sa voix dénotait une telle tristesse qu'il ne put s'empêcher de l'observer avec attention. Il se rappela qu'elle n'avait pas invité son père à son mariage.

Etaient-ils brouillés ?

— Pourquoi ? insista-t-il.

Elle détourna le regard vers le feu.

— Il avait une liaison ?

Après un court silence, elle répondit :

— Ma mère a dû s'en rendre compte peu de temps après leur mariage, mais elle voulait me protéger. Le protéger, lui aussi. Elle l'aimait, comprenez-vous ? ajouta-t-elle, les yeux dans le vague.

Enfin, la vérité se fit jour.

— Votre père était homosexuel ?

— Il l'est toujours. Mais je ne l'ai appris qu'à la mort de mon grand-père. Aussitôt, il a cessé de jouer au père et au mari idéal pour partir sur une colline avec son amant. Et cela alors que ma mère venait de se faire diagnostiquer un cancer du sein. Il n'avait de considération que pour son propre père.

— Si votre mère l'aimait, je suis sûr qu'elle était heureuse de lui laisser sa chance d'être lui-même.

— C'est bien ce qu'elle disait, mais elle avait besoin de lui. Il n'aurait pas dû l'abandonner ainsi. C'était cruel et lâche.

— Mais ne pensez-vous pas que ce départ a pu la soulager, au contraire ? Une personne malade a besoin de toute son énergie pour guérir.

Les yeux baissés, elle secoua la tête avec obstination.

— Voyez-vous votre père, de temps en temps ? Refuse-t-il de vous voir ? insista-t-il, comme elle ne répondait pas.

— Il continue de m'envoyer une carte pour Noël et pour mon anniversaire, dit-elle avec un haussement d'épaules maladroit. Mais je les lui renvoie sans les ouvrir.

— Non !

Etonnée de cette exclamation, Sylvie leva la tête et plissa le front. Il s'agenouilla devant elle.

— Il ne sait même pas qu'il va devenir grand-père dans quelques mois ? Voulez-vous qu'il l'apprenne en lisant la rubrique naissance du Times ? Sylvie Niango…

Il n'eut pas le courage d'ajouter Jérémie.

— … est heureuse de vous annoncer la naissance de son fils.

Il se souvint de sa propre douleur lorsqu'il était tombé sur le numéro de Célébrités. Le vide qu'il avait ressenti à cette lecture n'avait d'égal que celui qu'il avait éprouvé, enfant, en comprenant que sa mère ne reviendrait jamais et qu'il était seul au monde.

— C'est une fille, dit-elle d'une voix douce, la main posée sur le ventre.

— Une fille..., répéta-t-il.

Un petit ange aux boucles blondes... — Mais... comment prendra-t-il la nouvelle ?

— Vous voulez le savoir ? Cela vous préoccupe vraiment ?

— Bien sûr, Sylvie. C'est votre père. Vous allez lui briser le cœur.

La jeune femme blêmit et se leva avec tant de précipitation qu'elle trébucha.

— Comment osez-vous ?

— Sylvie, je suis désolé...

Il se redressa maladroitement et tendit la main vers elle. Que s'était-il passé ? Qu'avait-il dit pour la mettre dans une telle fureur ? Il avait seulement voulu partager des souvenirs agréables avec elle…

— C'est tout ce que vous trouvez à me dire ? Vous avez un sacré toupet, Michel ! dit-elle en sortant à grands pas.

Michel la suivit, abasourdi, et s'interposa entre elle et la porte.

— Sylvie, je vous en prie…

Muette, elle détourna les yeux d'un air excédé. Michel ne savait que faire. S'excuser ? Mais de quoi ?

Pouvait-elle au moins le regarder ?

— Je suis désolé. Tout ceci ne me regarde pas.

Elle leva au plafond des yeux brillants de colère. Il aurait tellement voulu la prendre dans ses bras pour la réconforter, la protéger de ce qui risquait d'être la plus grande erreur de sa vie. Car épouser Jérémie était bel et bien une erreur : il l'avait abandonnée et n'hésiterait certainement pas à le refaire si l'occasion se présentait. Elle avait tort de l'épouser parce qu'il était le père de son enfant. Désirait-elle tellement donner à sa fille quelque chose dont elle avait le sentiment d'avoir été privée ? Dans ce cas, elle se trompait. Elle avait bien eu un père. Peut-être pas celui qu'elle aurait voulu, certes, mais un père, tout de même, et qui devait souffrir de se voir exclu de sa vie.

— Vous avez perdu votre mère, Sylvie, mais il vous reste votre père. Ne laissez pas votre colère vous éloigner de lui.

— Arrêtez !

Elle le fusilla d'un regard si terrible qu'il recula d'un pas. Suffoquée de colère, elle secoua la tête.

— Quoi ? demanda-t-il.

— Arrêtez, siffla-t-elle d'une voix tremblante. J'en ai assez, de votre hypocrisie.

Puis, sans attendre sa réponse, elle ouvrit la porte à la volée et monta l'escalier en courant.

Pétrifié, Michel essaya de réfléchir.

Hypocrite ? D'où tenait-elle cela ? Il était seulement coupable d'avoir tenté de la rapprocher de son père. Une naissance devait être l'occasion d'enterrer les vieilles querelles, d'aller de l'avant…

Ruminant ces pensées, il monta la rejoindre, déterminé à obtenir une réponse, mais à mi-hauteur de l'escalier, il s'arrêta, frappé d'une idée. Elle n'avait pas de comptes à lui rendre. Il n'était rien pour elle. Elle portait l'enfant d'un autre. Un autre qu'elle allait épouser.

Réfugiée dans sa chambre, Sylvie s'adossa à la porte et s'efforça de récupérer son souffle. D'une main impatiente, elle essuya ses joues mouillées de larmes.

Quelle impudence ! De quel droit osait-il la critiquer sur ses rapports avec son père, alors même qu'il refusait d'accepter sa propre fille ? Il n'avait jamais eu le moindre geste, la moindre parole suggérant qu'il se sentait concerné. Certes, elle avait pris la décision de garder cet enfant sans le consulter et elle tenait à lui laisser une entière liberté de choix, mais cette indifférence avait quelque chose de glaçant. Et c'est maintenant qu'elle était confrontée à la réalité de la maternité qu'elle réalisait à quel point elle aurait voulu pouvoir compter sur lui. Elle avait naïvement pensé qu'en lui donnant cette liberté, il aurait été plus à même d'accepter sa paternité comme un cadeau inattendu. Quelle idiote ! Bien fait pour elle. Elle aurait dû lui envoyer des avocats. Nul doute qu'il se serait alors montré plus empressé vis-à-vis d'elle...

— Qu'il aille au diable ! murmura-t-elle en s'essuyant les yeux avec le revers de ses poignets. Je suis désolée, ma petite. Je me suis trompée. J'ai tout raté.

C'était bien une spécialité familiale, cela ! Pourtant, sa mère, elle, n'avait pas baissé les bras devant l'adversité. La fuite de son père, le cancer, la ruine, elle avait affronté tous ces revers avec courage, dignité, humour.

Avec amour, aussi. Elle n'avait jamais cessé de chérir le malheureux homme qu'elle avait épousé. Un homme qui, par amour pour son père, avait choisi de vivre dans le mensonge pendant des années. Un homme qui l'avait aimée, aussi, à sa manière.

Comment Michel Koffi pouvait-il avoir à ce point raison et tort à la fois ?

— Que dois-je faire, maman ? Que ferais-tu, à ma place ?

L'esprit ailleurs, Michel retourna dans la bibliothèque et s'assit derrière le vaste bureau qui croulait sous les documents que Liliane lui avait envoyés de Gagnoa : des dossiers, des invitations dépassées, des lettres de demande de dons. Elle lui avait même fait parvenir une page du dernier numéro de Célébrités qui présentait le sommaire du mois prochain. « Le mariage de rêve de Sylvie », pouvait-on lire sous une photographie de Divo.

Il serra les poings et poussa les documents d'un geste si brusque qu'ils glissèrent par terre. Impatienté, il les ramassa pour les jeter dans la corbeille. Il faisait confiance à Pam pour s'être tenue à jour de ses obligations professionnelles. Pour le reste, ils n'auraient qu'à réécrire.

Il allait froisser en boule la page de Célébrités lorsqu'un détail attira son attention.

Alanguie dans un bain à l'huile de lavande, Sylvie somnolait et se serait endormie si elle ne s'était pas forcée à se lever. Après avoir enduit son ventre et ses cuisses d'une crème contre les vergetures, elle revêtit un peignoir et passa dans sa chambre.

Elle découvrit Michel assis sur le bord du lit. Aussitôt, l'effet délassant de l'huile de lavande disparut.

— Que faites-vous ici ? demanda-t-elle d'un ton glacial. Vous avez peur des mânes de mes ancêtres ?

— J'ai frappé, se défendit-il.

— Je ne vous ai pas dit d'entrer. J'aurais pu être nue !

— En plein mois d'avril ?

Que voulez-vous, Michel?

— Rien. Il m'est venu une idée.

Il tapota le matelas à côté de lui pour l'inviter à s'asseoir.

— Ah oui ? Quel genre d'idée ?

— Elle concerne votre mariage. Regardez, dit-il en lui tendant une page de Célébrités.

— Eh bien ? C'est une photo prise à Divo.

— Tournez la page.

Elle obtempéra et leva vers lui un regard interrogateur.

— Vous voulez parler de cette publicité pour le Musée ? « Une attraction régionale à deux pas du maquis. » Oui, et alors ?

— Mettez-vous donc à l'aise, suggéra-t-il en empilant les oreillers à la tête du lit. Vous réfléchirez mieux. Allongez-vous, vous ne risquez rien, voyons, dit-il comme elle hésitait.

Embarrassée, elle resserra les pans de son peignoir et s'étendit sur le lit.

— Bien, commença-t-elle, « Le Musée de la Vapeur. Propriété des Jérémie »... Le grand-père de Jérémie était un passionné de moteurs à valeur et il en a acheté des dizaines au cours de ses voyages dans le monde. Il se chargeait même de leur restauration. C'est lui qui a fondé le musée, pour partager sa passion avec le grand public. Petite, j'adorais les carrousels. Il aurait voulu en faire un petit parc de fête foraine.

Elle s'interrompit et ouvrit de grands yeux.

— Attendez une minute... Fête foraine, Fête du Mariage... Oh, mon Dieu, je crois que je vous comprends.

Elle battit des mains avec un éclat de rire.

— ça y est ! Je le tiens, mon thème. Michel, vous êtes un génie !

— Ne devriez-vous pas en parler à Jérémie d'abord ?

— Jérémie ? Non. C'est inutile.

Celui-ci ne s'était jamais intéressé à ces engins beaucoup trop vieux et lents à son goût. D'ailleurs, le musée était désormais géré par un conseil d'administration auquel il avait confié les pleins pouvoirs. De toute façon, personne ne verrait aucun inconvénient à lui céder le parc une journée.

— Votre idée permettra même de promouvoir les entreprises locales. La famille de Jérémie possède tous les jeux possibles et imaginables : des manèges, bien sûr, mais aussi des jeux de quilles, des jeux de massacre, des stands de loterie... Les invités pourront même faire le tour du parc en charrette à foin.

— C'est mieux qu'à dos d'éléphant, je présume.

— Cent fois mieux !

Elle ramena ses genoux contre sa poitrine et les enserra de ses bras.

Le photographe pourrait se servir de tableaux à trous, vous savez, de ceux dans lesquels on passe la tête.

— Oui, un qui représenterait un couple de jeunes mariés.

— Et nous décorerons le chapiteau de rubans et de lumières colorées au lieu de fleurs. Et tous les différents plats seront présentés dans des stands.

Elle lui jeta un regard enjoué.

— Des saucisses et des churros ?

— Et pourquoi pas des hot dogs ?

— Et de la barbe à papa, de la glace et des petits gâteaux, s'exclama-t-elle en battant des mains. Un vrai retour en enfance ! J'en parlerai au confiseur dès demain matin.

— Donc, cette idée vous plaît ?

Elle se tourna vers lui et jeta les bras autour de son cou.

— Si elle me plaît ? Vous êtes génial ! Vous ne chercheriez pas un travail dans l'événementiel, par hasard ? Désolée, désolée… Pourquoi voudriez-vous travailler pour moi ? Quel dommage que nous ayons si peu de temps.

— Vous croyez que ce ne sera pas possible dans les délais ?

— Si, si. J'ai fait pire, croyez-moi. Grâce à vous, j'ai mon thème, et c'est le principal. Toutefois, il faut que je parle à Madeleine du chapiteau.

— Si vous avez besoin d'aide, vous pouvez compter sur moi.

Elle était assise à son côté, sur le lit, le bras autour de son cou, tout à sa joie d'avoir enfin trouvé l'idée dominante de sa fête. Et lui ne pouvait pas lui dire qu'il l'aimait de toutes les fibres de son être. Qu'il l'aimait sans espoir. La mère de Sylvie aurait compris, elle. Elle aurait su ce qu'il ressentait. Oh, que n'aurait-il donné pour qu'elle fasse ce dernier pas vers lui...

— Vous voudriez nous aider ? demanda-t-elle, le front plissé.

Il haussa les épaules d'un air dégagé.

— Bien sûr. Comme vous-même l'avez dit ce matin, plus tôt le travail sera commencé, plus tôt il sera fini.

— C'est tout ?

Elle s'écarta de lui.

— Je veux qu'on me rende ma maison le plus vite possible. A cette fin, je suis prêt à mettre à votre disposition toutes les ressources nécessaires. A une condition, toutefois...

La jeune femme rougit violemment et baissa la tête.

— Sylvie, je veux que vous écriviez à votre père.

— Non, murmura-t-elle.

— Si ! Invitez-le. Ne le coupez pas de sa petite-fille.

Elle leva vers lui un regard scrutateur.

— Pourquoi vous intéressez-vous donc tant à lui ?

Parce que… Parce que je sais ce que c'est, de se voir retourner ses lettres non ouvertes. Voyez-vous, j'ai grandi sans ma mère. Quand j'avais quatre ans, des hommes sont venus à la maison pour l'emmener. Ma mère pleurait, en partant. Elle m'a dit de ne pas m'inquiéter, que tout irait bien, qu'on s'occuperait de moi jusqu'à ce qu'elle puisse revenir à la maison.

Il marqua une pause avant d'ajouter, comme pour s'excuser :

— Vous vouliez connaître mon histoire… — Et votre père, Michel ? Où était-il ?

— Mon père ? Il était mort. C'est ma mère qui l'a tué. Il la battait.

Il poussa un long soupir.

— Moi, on m'a placé dans des familles d'accueil. Je ne comprenais rien à ce qui m'arrivait. J'ai écrit lettre sur lettre à ma mère, mais elle ne me répondait pas. Semaine après semaine, mes lettres me revenaient, non ouvertes.

Silencieuse, Sylvie le pressa contre son cœur et lui caressa les cheveux comme à un enfant.

— Elle pensait peut-être qu'il valait mieux que je l'oublie, que je me trouve une nouvelle famille.

— Mais vous ne l'avez pas fait.

— C'était ma mère, Sylvie. Ce n'était peut-être pas la meilleure, mais c'était la seule que j'avais. La seule que je voulais.

A ces mots, Sylvie ne put s'empêcher d'éprouver un obscur sentiment de honte en songeant à sa propre intransigeance vis-à-vis de son père.

— Que lui est-il arrivé, Michel ?

— Elle n'a jamais pu assister à son procès. Elle ne relevait plus de la justice à cette époque. Elle avait sa place à l'hôpital, pas en prison, conclut-il en serrant les poings.

— Etes-vous certain que ce sont les fantômes des Niango qui vous hantent ?

Il eut un petit rire glaçant de tristesse.

— Qu'est-ce qui vous fait penser cela ?

— J'ai demandé conseil à ma mère. En fait, je connaissais déjà la réponse. Maman a sans doute pensé qu'il était temps que quelqu'un m'aide à ouvrir les yeux.

Elle lui caressa doucement la joue, comme si, par ce geste, c'était sa mère qu'elle touchait. Soudain, sa vue se brouilla et ses joues se mouillèrent de larmes. Bouleversé, Michel l'attira contre lui et la berça.

— Ne pleurez pas, Sylvie. Je vous en prie. Ne pleurez pas…

Mais lui aussi sanglotait.

Au bout d'un moment, elle se redressa, inspirant profondément pour recouvrer son calme.

— ça va aller, Michel. Je vous le promets. Continuant de chuchoter des paroles consolatrices, elle essuya ses larmes et posa un léger baiser sur sa joue. Michel se ressaisit.

— Vous allez lui écrire, alors ? Maintenant ?

— Maintenant ? Cela ne peut pas attendre demain matin ?

— Que dirait votre mère ?

Elle se leva avec un éclat de rire pour prendre un mouchoir.

— D'accord, d'accord. Mais il me faut mon sac. Je l'ai laissé en bas.

— Je vous attends.

Sur le point de sortir de la pièce, elle se retourna.

— Michel ?

— Oui ?

Elle posa la main sur son ventre.

— Ne répétez pas l'erreur de votre mère. Vous êtes quelqu'un de fort, d'honnête, et je vous garantis que vous seriez un père idéal pour n'importe quelle petite fille.

Michel la considéra sans comprendre. Elle avait parlé avec un ton d'urgence un peu désespéré qui le troubla infiniment. C'était comme si elle redoutait que sa propre fille n'ait pas le bonheur d'avoir le père qu'elle méritait.

Mais que pouvait-il faire ? C'était à elle de choisir.

## 10.

Sylvie commençait enfin à comprendre l'incapacité de Michel de s'engager, de faire confiance à autrui, et à lui-même. Né dans une famille violente, séparé dès l'enfance de la personne dont il dépendait le plus, que pouvait-il attendre de bon des autres ?

Elle comprenait aussi sa réticence concernant le bébé. Sans doute craignait-il de ne pas être le meilleur père qui soit.

Il fallait lui laisser le temps de se reconstruire. Certes, le chemin risquait d'être ardu, mais les plus longs voyages commencent par un premier pas.

Et ce pas, ils venaient de l'accomplir ensemble, ce soir.

Lorsqu'elle revint dans la chambre, Michel, occupé à téléphoner au sujet des stands forains, lui fit un signe de la main sans interrompre sa conversation. Sylvie s'installa sur le lit, juste devant lui, de sorte qu'il voie le papier couleur crème… celui-là même qu'elle avait utilisé pour lui écrire cette fameuse lettre. Puis, elle décapuchonna son stylo et, son sac en guise d'écritoire, elle entreprit d'écrire la seconde lettre la plus difficile de sa vie.

— Eh bien, vous avez vite fait, dit-il comme elle glissait la feuille soigneusement pliée en quatre dans une enveloppe.

— Oui. Certaines choses sont beaucoup moins redoutables lorsqu'on les aborde pour de vrai. J'ai juste invité papa et son compagnon à nous rejoindre aux festivités de dimanche.

— Auront-ils le temps de venir ?

— Je vais envoyer la lettre par avion prioritaire demain matin à la première heure.

— Je m'en charge, si vous le voulez bien. Vous avez déjà beaucoup à faire.

— Merci, dit-elle en lui tendant l'enveloppe.

Il jeta à la lettre un regard distrait.

— Je viens de demander à un menuisier de construire des stands pour le chapiteau. Il sera là demain matin pour qu'on en discute.

— Eh bien, vous ne perdez pas de temps.

— Il reste la question du Musée de la Vapeur. Je présume que vous préférez vous en charger toute seule ?

— Je vais leur téléphoner tout de suite.

— D'accord. Je vous laisse, alors.

Et, levant la lettre pour lui signifier qu'il s'en occupait, il sortit.

Sylvie fut quelque peu interloquée par la manière abrupte avec laquelle il mettait fin à une soirée aussi chargée d'émotions. Peut-être avait-il besoin de prendre l'air.

Elle composa le numéro de Laure et lui soumit son projet. En un quart d'heure, tout était réglé. Laure, qui connaissait tout le monde, lui réserva le parc pour la journée de dimanche jusqu'à 14 heures. La cérémonie à l'église était fixée en début d'après-midi. Quant au chapiteau, il serait prêt en début de soirée.

Michel s'adossa au chambranle de la porte et relâcha son souffle. Voilà. Tout s'arrangeait pour elle. En ce moment même, elle était en train de faire part de son enthousiasme à Jérémie. Mieux valait les laisser organiser leur grand jour tout seuls. Il resterait, bien sûr, mais uniquement pour l'aider dans la mesure où elle le désirait. En revanche, le jour J, il s'en irait. Il n'avait nulle envie de voir Jérémie réclamer sa fiancée.

Il serra la lettre dans sa main. Au moins l'avait-il convaincue de se rapprocher de son père.

— Oh, Madeleine, comme elle est belle !

Au cours de sa carrière dans l'événementiel, Sylvie avait rarement vu robe aussi élégante. De coupe simple, évasée, elle était bordée de satin lavande et ornée de broderies délicates. Madeleine avait également dessiné une splendide veste longue sur laquelle ce motif était répété. Des ornementations de perles capturaient la lumière et scintillaient comme mille petits soleils. En fait de voile, elle avait commandé une tiare russe à l'un des joailliers les plus réputés de Londres.

— Quel dommage que ce soit un mariage fictif, soupira Madeleine. J'aurais tant aimé vous voir au bras d'un bel noble comme… tiens, pourquoi pas Michel ?

— Moi aussi. Enfin, je veux dire, je parle du mariage, pas de l'homme.

— Taratata ! J'ai bien compris ce que vous vouliez dire, Sylvie. C'était écrit sur votre visage. Il est le père de votre enfant, n'est-ce pas ?

En désespoir de cause, Sylvie leva les mains en un geste éloquent.

— Je m'en doutais, répondit Madeleine. Les hommes sont des imbéciles.

— Oh, pas plus que nous ! remarqua la jeune femme en ôtant la belle veste.

Il aurait été malvenu de dire du mal de Madeleine. Sans lui, elle n'aurait jamais pu boucler les préparatifs à temps. Il l'avait aidée pour tout. C'était lui qui avait acheté les guirlandes de lumières colorées. Lui qui en avait supervisé l'installation de manière à en magnifier l'effet. Lui aussi qui avait trouvé de vieilles voitures de manèges et les avait bricolées de sorte qu'on puisse s'y asseoir. Et tous les soirs, il s'était tenu à sa disposition pour discuter des problèmes qu'elle avait rencontrés dans la journée et pour lui offrir des suggestions. Elle appréciait beaucoup son esprit de synthèse et sa manière d'aller droit au fond des choses.

Mais il y avait un sujet qu'il persistait à éluder, le plus important... A croire qu'il était tellement prisonnier de son passé qu'il avait purement et simplement gommé cette question.

Cela ne pouvait pas durer. Elle devait agir.

Michel, attablé dans la cuisine, leva les yeux comme Sylvie entrait, porteuse d'un objet volumineux enveloppé dans du papier de soie.

— Qu'est-ce que c'est ? La robe ?

— Oui. J'ai tenu à l'emporter avec moi, au cas où.

— Où quoi ?

— Au cas où la voiture de Madeleine tombe en panne, où un incendie frappe son atelier, que sais-je ? Croyez-moi, pour avoir longtemps travaillé dans ce domaine, je peux vous dire…

— Je vous crois. En fait, je m'inquiète un peu au sujet des locomobiles. Je sais que Laure s'en occupe, mais ne devrait-on pas…

— Ne vous faites pas de souci. Il nous reste encore toute une matinée pour régler le problème. Je vais monter ce paquet dans ma chambre, après quoi je souhaiterais que nous parlions un peu, Michel.

— Est-ce que cela peut attendre ? J'aurais voulu vous montrer le chapiteau.

— Je croyais qu'il était terminé.

— Seulement maintenant. J'ai une surprise pour vous. Venez, l'invita-t-il en lui prenant la main.

Ils restèrent un instant immobile, les doigts emmêlés. Puis, s'éveillant comme d'un rêve, Michel l'entraîna vers le jardin. Ils marchaient en cadence, main dans la main, dans le crépuscule que découpait la gigantesque ombre du chapiteau dans lequel les exposants devaient présenter leurs produits.

— Attendez. Je voudrais vous montrer ce que cela donne en grand.

Il brancha le générateur. Aussitôt, le chapiteau s'illumina d'une myriade d'ampoules blanches accrochées aux montants et aux faîtières. A l'intérieur, une lumière douce mettait en valeur le parquet poli. Des rubans multicolores serpentaient autour des montants ; sur le sol, des ballons se balançaient doucement au vent. Au bord du chapiteau, des étals aux couleurs gaies étaient garnis de bonbons, de gâteaux et diverses bouchées gourmandes. La machine à barbe à papa avait été livrée. Il y avait même un orgue de barbarie… un orgue de barbarie ?

Sylvie s'approcha de l'instrument, les yeux brillants de plaisir.

— Michel ! Mais c'est merveilleux ! La touche finale parfaite.

Il appuya sur un bouton et, comme par magie, une musique de valse résonna dans la nuit.

— Me ferez-vous l'honneur de cette danse, mademoiselle Niango ?

Sans lui laisser le temps de protester, il enlaça sa taille et l'entraîna sur le parquet. Elle éclata de rire et se laissa emporter, ravie et frissonnante.

Mais bientôt, la musique ralentit et s'arrêta. Michel prolongea un instant leur étreinte avant de s'écarter.

— C'est tout, murmura-t-il en se détournant. Rentrez, Sylvie. Il me faudra un moment pour tout ranger. Je vous laisse les lumières pour que vous ne vous perdiez pas dans le noir.

Il marqua une légère pause avant d'ajouter :

— Prenez soin de vous, Sylvie.

— Merci…

Ils restèrent un instant immobiles, puis, s'arrachant à cette contemplation silencieuse, elle regagna la maison. Arrivée dans le hall, elle promena un regard distrait autour d'elle, sur les guirlandes roses qui ornaient les murs, les tables entourées de chaises dorées, recouvertes des diverses tenues pour le spectacle du lendemain : des tailleurs, des robes de voyage de noces et de lune de miel, des costumes de garçons et de demoiselles d'honneur, des smokings… Il y avait même des kilts. Les portes, grandes ouvertes, donnaient sur la salle de bal, où devait se tenir un défilé. Elle pénétra dans le petit salon, transformé pour l'occasion en caverne. Partout, de discrets bouquets de violettes embaumaient l'air.

En un temps record, tout avait été réuni pour une fête parfaite. Elle aurait dû se réjouir, être fière d'elle, et pourtant…

Elle poussa avec lassitude la porte de la bibliothèque et se figea immédiatement. La pièce n'était pas vide, comme elle s'y était attendue. Un homme venait de se lever d'un fauteuil : son père… Il était toujours aussi beau, malgré ses tempes légèrement dégarnies et son embonpoint naissant.

Elle se jeta dans ses bras avant de prendre sa main et de la poser sur son ventre.

— Tu vas être grand-père, papa…

— Je sais. Je l'ai lu dans Célébrités. Quand j'ai vu la photo, j'ai cru un instant que tu allais épouser cette espèce de…

Il marqua une pause avant de reprendre :

— Jérémie. Je pensais que tu t'étais remise avec lui.

— Il n'est pas le père. C'est Michel. Il savait que tu m'attendais, n'est-ce pas ? C'est pour cela qu'il m'a demandé de rentrer avant lui.

Le vieil homme opina.

— Il voulait nous laisser un moment ensemble, seul à seule. Ma petite fille…, soupira-t-il en prenant son visage dans ses mains. J'avais fini par abandonner tout espoir, tu sais. Lorsque j'ai vu que tu ne me contactais pas, malgré le bébé, j'ai pensé que je t'avais perdue pour de bon.

— Oh, papa… Je suis désolée. Désolée…

— Chut. Tu es ma petite fille, Sylvie. Comment pourrais-je t'en vouloir de quoi que ce soit ?

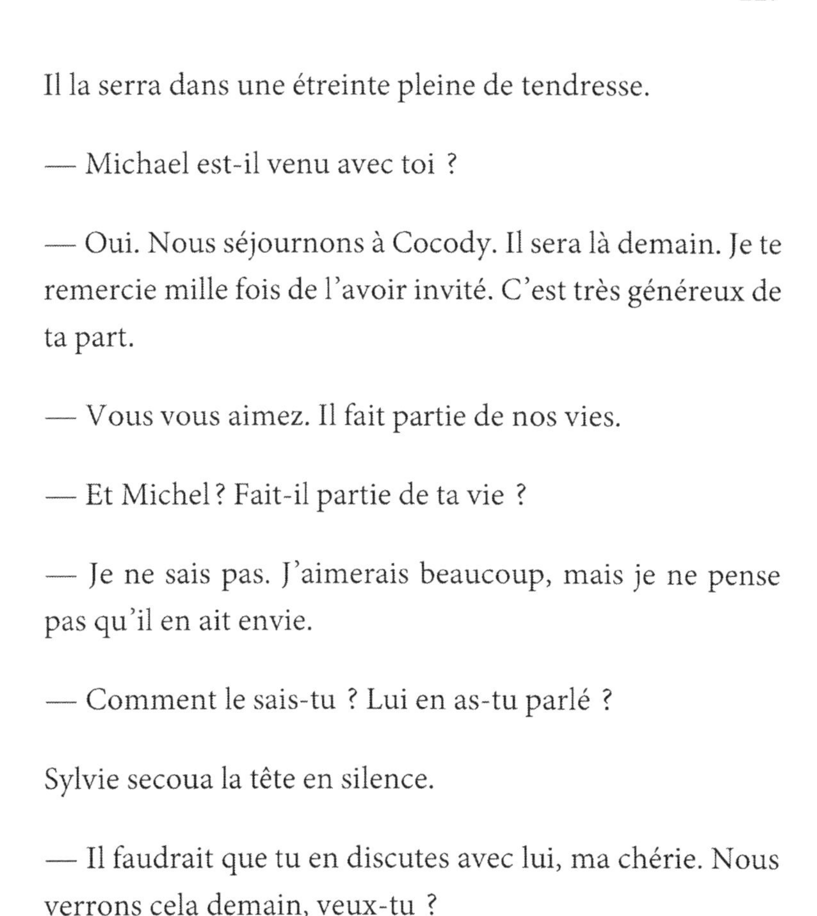

Il la serra dans une étreinte pleine de tendresse.

— Michael est-il venu avec toi ?

— Oui. Nous séjournons à Cocody. Il sera là demain. Je te remercie mille fois de l'avoir invité. C'est très généreux de ta part.

— Vous vous aimez. Il fait partie de nos vies.

— Et Michel ? Fait-il partie de ta vie ?

— Je ne sais pas. J'aimerais beaucoup, mais je ne pense pas qu'il en ait envie.

— Comment le sais-tu ? Lui en as-tu parlé ?

Sylvie secoua la tête en silence.

— Il faudrait que tu en discutes avec lui, ma chérie. Nous verrons cela demain, veux-tu ?

Quelques heures plus tard, après qu'elle eut reconduit son père à sa voiture, Sylvie se mit en devoir de chercher Michel. Cette discussion au sujet du bébé ne pouvait plus tarder.

Dans la cuisine, Mme Kouadio était occupée à confectionner un sandwich.

— M. Koffi m'a demandé de vous préparer un petit quelque chose.

— Oh, mais j'ai déjà pris une soupe.

— Il y a des heures. Vous avez eu de la visite ?

— Oui, mon père est venu. Je l'ai invité au gala. Il espère vous y rencontrer.

— Ah ! C'est bien. Je suis heureuse de vous voir réconciliés, sourit la vieille dame.

— Moi aussi. Savez-vous où est Michel ?

— Je n'en ai aucune idée, répondit-elle en s'essuyant les mains. Ah, si ! Il s'est absenté il y a quelques heures et m'a priée de vous dire qu'il vous avait laissé quelque chose dans votre chambre.

— Quand vous a-t-il dit cela ?

— Il y a quelques heures. C'était juste avant d'éteindre les lumières du chapiteau.

Sylvie consulta sa montre : il était parti deux ou trois heures plus tôt. Saisie d'un frisson, elle se précipita dans l'escalier et ouvrit d'un coup sec la porte de sa chambre. Au milieu du lit trônait l'antique ours en peluche qu'il avait admiré dans le grenier. Elle prit le jouet et le pressa contre son visage dans l'espoir de retrouver quelque chose du parfum de Michel. Levant les yeux, elle remarqua alors la lettre qu'il avait placée sous l'ours en peluche. En proie à un mauvais pressentiment, elle l'ouvrit avec un empressement fébrile.

« Ma très chère Sylvie, »

Demain sera votre grand jour.

« J'ai décidé de m'absenter quelque temps pour m'investir dans un nouveau projet, plus audacieux, plus concret. En conséquence, je suis revenu sur mon idée de centre de conférences. Le maquis est une demeure familiale et doit le rester. Dans cette optique, j'ai pris les dispositions nécessaires pour que M. et Mme Kouadio puissent rester dans leur cottage jusqu'à la fin de leurs jours.»

J'ai également demandé à Mme Kouadio de veiller à ce que tous les vêtements conservés dans le grenier soient légués au galerie. Tout autre bien de valeur rangé dans les coffres sera donné au Club en vue d'une vente de charité. L'ours, toutefois, vous revient en tant que bien familial que vous pourrez transmettre à votre bébé.

Enfin, je désire vous assurer de ma discrétion. Ce qui s'est passé entre nous restera un souvenir merveilleux, à jamais ancré dans notre intimité. Je vous laisse aux bons soins de votre père, heureux de vous savoir enfin réunis. J'espère que le soleil vous sourira demain et vous souhaite une longue et heureuse vie aux côtés de Jérémie. Bien à vous, Michel.

Sylvie relut la lettre plusieurs fois sans y rien comprendre. Que voulait dire tout ceci ? Michel partait ? Mais elle l'avait vu en début de soirée et il ne lui avait absolument pas fait part de cette intention… Et pourquoi parlait-il de Jérémie ?

Elle parcourut une dernière fois la lettre, puis retourna dans la cuisine.

— Madame Kouadio, Michel a-t-il pris des dispositions pour votre cottage ?

— Loué soit-il ! Mademoiselle Sylvie. Il nous l'a donné en pensant que Annie n'aurait pas agi différemment si elle avait eu la chance de vivre.

En proie à un vertige, la jeune femme s'assit.

Il leur avait légué le cottage ! Et tout cela, parce qu'elle lui avait dit que…

— Et les vêtements ? Vous devez les donner au musée ?

— Je crois qu'il s'est entretenu avec les responsables hier à ce sujet. Il nous a demandé de vous dire que si quelque objet vous tenait à cœur, vous pouviez le garder.

Elle secoua lentement la tête.

— Non…

Il avait planifié tout ceci ? Sans rien lui dire ? Elle relut encore une fois le dernier paragraphe :

« J'espère que le soleil vous sourira demain et vous souhaite une longue et heureuse vie aux côtés de Jérémie. »

Jérémie ? Il n'arrêtait pas de parler de lui… Il avait même évoqué cette photo de Célébrités pour laquelle ils avaient posé ensemble. D'ailleurs, à ce propos, son père lui-même avait pensé que…

Oh, Seigneur ! Non. Il n'avait tout de même pas pris cette comédie de mariage au sérieux ?

La croyait-il capable d'épouser un autre homme alors qu'elle était enceinte de lui ? Alors qu'elle s'était pâmée dans ses bras lorsqu'il l'avait embrassée, dans le grenier ? Etait-ce pour cela qu'il avait interrompu leur baiser dans la cuisine ? … Je désire vous assurer de ma discrétion.

Pensait-il que, tout à l'heure, elle avait voulu lui parler pour le supplier de garder le silence ?

D'un geste brusque, elle saisit son portable et composa son numéro. Après quelques tonalités, une voix féminine lui proposa de laisser un message.

— Michel ? Je vous interdis de me fuir une deuxième fois. Vous entendez ?

Etait-il trop tard ? A l'heure qu'il était, il pouvait déjà se trouver dans un avion…

Elle appela les renseignements mais, comme il fallait s'y attendre, il était sur liste rouge. Que faire ? Téléphoner à son bureau ? Un samedi soir ? Par acquit de conscience, elle composa quand même le numéro. Personne ne décrocha.

Il n'y avait plus qu'une chose à faire : se rendre à son appartement de Yamoussoukro et demander à le voir. Elle enfila en vitesse une veste et, saisissant l'un des sandwichs de Mme Kouadio, elle courut jusqu'à sa voiture.

C'était la première fois en six mois que Michel retournait à son appartement. En entrant, il eut un serrement de cœur devant la froideur impersonnelle des lieux. Il avait fini par s'habituer au désordre chaleureux de Divo, au point qu'il s'y considérait comme chez lui. Mais cette demeure serait toujours liée au souvenir de Sylvie. Chaque pièce, chaque meuble lui rappellerait une parole, un sourire, un geste…

Il jeta ses clés sur le guéridon de l'entrée et se passa la main sur le visage. La femme de ménage avait classé le courrier en mettant à part les lettres qu'elle savait importantes. La pile n'était pas haute, mais sa correspondance commerciale et financière arrivait presque exclusivement au siège de son entreprise. Il examina les enveloppes d'un œil distrait avant de les laisser tomber sur la table. Les lettres glissèrent à terre. Alors qu'il se détournait, une enveloppe carrée de couleur crème attira son attention : Sylvie avait utilisé exactement la même pour écrire à son père. Il la ramassa et eut un sursaut en reconnaissant son écriture.

Elle lui avait écrit ? Quand ?

L'enveloppe ne portait aucun timbre, aucun cachet postal. Elle avait dû la glisser directement dans la boîte aux lettres.

Mais alors… lorsqu'elle lui avait demandé s'il avait reçu sa lettre…

D'une main tremblante, il déchira l'enveloppe et déplia la feuille de papier.

*Cher monsieur Koffi,*

*Je vous écris pour vous apprendre qu'à la suite de notre récente rencontre, j'attends un enfant pour juillet…*

— Non ! explosa-t-il.

Sans même finir la lettre, il se précipita vers le téléphone et étouffa un juron : elle avait branché son répondeur.

— Sylvie ? Il n'y aura pas de mariage demain, vous m'entendez ? Pas de mariage !

N'ayant pas davantage de succès avec son portable, il répéta son message et ajouta :

— Je reviens tout de suite.

Puis, en désespoir de cause, il téléphona aux Kouadio.

— Stupide, stupide machine ! jura Sylvie en tapant sur le volant.

Sa voiture l'abandonnait au moment où elle en avait le plus besoin. Comme une idiote, elle avait laissé les phares allumés et la batterie s'était complètement déchargée.

Il lui fallut une bonne dizaine de minutes pour rejoindre le cottage des Kouadio.

— Ne vous inquiétez pas, mademoiselle, la rassura la vieille dame. Asseyez-vous, je vais vous préparer une petite tisane. Mon mari est à un match de fléchettes, mais il vous réparera votre voiture dès son retour.

— Je ne peux pas attendre. Il faut que j'appelle un taxi.

— Je m'en occupe. Pendant ce temps, calmez-vous et reprenez votre souffle.

Se calmer ? Impossible ! Elle ne pouvait même pas consulter son portable ! Trop utilisé pendant toute la journée, l'appareil n'avait plus de batterie.

Le taxi, promis par Mme Kouadio avant une demi-heure, n'arrivait pas. Enfin, au bout d'une heure interminable, Sylvie entendit un grondement de moteur dans l'allée. Elle se leva d'un bond, saisit son sac en vitesse et courut jusqu'au portail.

Elle se figea en reconnaissant de Michel. Les bras croisés, accoudé à la portière, il la regardait d'un air grave. Menaçant.

— Venez ! ordonna-t-il en lui faisant signe d'entrer dans le véhicule.

Les jambes en coton, elle le rejoignit.

— Michel, vous ne comprenez pas…

— Au contraire. J'ai tout compris.

Une bouffée de colère envahit la jeune femme. Se retournant brusquement, elle se dirigea à grands pas vers la maison.

— Sylvie ! implora-t-il en la suivant. Sylvie, je vous en supplie, écoutez-moi.

Elle s'arrêta.

— N'épousez pas Jérémie.

Elle eut du mal à réprimer un sourire de soulagement.

— Mais vous m'avez aidée à préparer ce mariage pendant toute une semaine. C'est vous qui m'avez donné les meilleures idées. Cet après-midi, vous m'avez même écrit une petite lettre. Alors ? Dites-moi ce qui vous a fait changer d'avis ?

— Tout. Je croyais qu'il était le père du bébé. Dans ce numéro de Célébrités, vous posiez ensemble. Je pensais que vous vouliez refaire votre vie avec votre ami d'enfance…

— Mais je vous ai écrit une lettre, Michel ! Je vous ai même demandé si vous l'aviez reçue.

— J'ai cru que vous me parliez du courrier de règlement. Ma secrétaire m'avait fait savoir que vous m'aviez retourné les vingt pour cent, alors qu'il avait toujours été dans mon intention de vous régler l'intégralité de la somme.

— Oh…

— J'ai dit à ma secrétaire de reverser l'argent à une organisation caritative, si cela peut vous consoler. Ce n'est que ce soir que j'ai pu lire cette lettre, Sylvie. Jusqu'à ce soir, je ne savais rien.

Sylvie cligna des yeux.

— Impossible. Je l'ai glissée dans votre boîte aux lettres moi-même, deux semaines après…

Elle acheva sa phrase en désignant son ventre.

— J'étais en voyage, Sylvie. Je me suis absenté pendant six mois. Je serais rentré plus tôt si je n'avais pas vu cette maudite photo à l'aéroport. Je voulais vous revoir, comprenez-vous ? Mais après cela, j'ai sauté dans le premier avion pour mettre de l'espace entre nous.

— Je vous croyais parti aux îles Moustique.

— Comment aurais-je pu après ce qui venait de se passer entre vous et moi ?

Ne trouvant pas ses mots, il marqua une pause, embarrassé.

— Je vous ai blessée, Sylvie. Je vous ai même fait pleurer. Dans ma vie, je n'ai fait pleurer que deux femmes : vous et…

— … votre mère, murmura-t-elle.

Il opina en silence. Tout ira bien, je dois partir. Toutes deux avaient prononcé cette phrase.

— Michel, je pleurais parce que vous m'aviez fait un cadeau incroyable. Avant de vous connaître, mon cœur était glacé. Vous m'avez rendue à la vie, à l'amour…

Elle leva les yeux vers lui et sourit.

— Pendant des années, j'ai organisé des mariages parfaits sans même être capable d'embrasser quelqu'un.

— Sylvie…

— Cette nuit-là, je suis revenue aussi vite que j'ai pu, mais vous étiez déjà parti.

— J'étais bouleversé. Je pensais que vous n'aviez qu'une hâte : disparaître. Que vous ne souhaitiez plus jamais me revoir. Comment aurais-je pu vous en vouloir ?

Elle le fit taire en posant un doigt sur sa bouche.

— Vous êtes mon soleil, Michel. Un regard de vous et je fonds.

— Mais…

— Ces larmes étaient des larmes de joie. Et ce bébé… notre bébé est le fruit de l'amour.

— C'est ma fille… Ma petite fille, murmura- t-il avec un sourire empreint d'une sorte de vénération.

Les yeux de Sylvie se mouillèrent de larmes.

— Maintenant, vous avez une famille, Michel.

Ils demeurèrent un instant immobile, dans un silence ému.

— Cela ne me suffit pas, Sylvie. Je vous veux pour femme. Longtemps, j'ai essayé de vous oublier, de vous effacer de ma mémoire, en vain. Je…

Il s'interrompit, butant sur les mots.

— Dites-le, Michel. Allez…

— Je… Je vous aime. Je t'aime, répéta-t-il d'un ton plus affirmé, mais j'ai tout gâché. Il est trop tard.

— A cause de quoi ? Du mariage de demain ?

C'est cela ?

— Sylvie, prononça-t-il d'une voix étranglée.

— C'est un mariage fictif, Michel. Une mise en scène du mariage idéal selon Sylvie Niango. Mais pour compléter ce scénario, il me manque juste un partenaire.

— Mais… Jérémie…

— … n'est pas cet homme. Nous nous sommes rencontrés lors d'une fête de bienfaisance. Nous nous sommes souri et Célébrités a fait le reste. Je suppose qu'ils ont agi ainsi pour m'inciter à révéler l'identité du père.

— Mais… mais tous ces préparatifs, cette robe, ces fleurs ?

— Cette robe n'a absolument rien à voir avec celle que j'ai portée il y a dix ans. Je n'arrive pas à imaginer que tu me croies capable de vendre mon mariage aux médias.

— J'avais le sentiment que tu aurais fait n'importe quoi pour l'association caritative de ta mère.

— Certaines choses ne sont pas à vendre, Michel.

Du coin de l'œil, elle surprit une ombre derrière les rideaux du cottage des Kouadio.

— Ils étaient de mèche, n'est-ce pas ? dit-elle avec un large sourire.

— Si tu avais branché ton portable ces deux dernières heures, tu aurais su, toi aussi.

— La batterie de mon portable est en panne.

Que disais-tu ?

— Qu'il n'y aura pas de mariage.

— Comment cela, pas de mariage ?

Il lui caressa doucement la joue.

— Je voulais dire, pas demain. Mais très bientôt, j'espère. Parce que si tu crois que je ne désire pas m'occuper de cette enfant, tu te trompes lourdement.

— C'est vrai ?

— Par ailleurs, moi aussi, j'aime les beaux mariages.

— Tiens donc.

— Absolument… mais sans Célébrités. Ils peuvent avoir leur fête de rêve demain, mais la vraie cérémonie, elle, sera pour nous. Et elle durera toute la vie…

Il mit un genou à terre et, sous les étoiles, demanda :

— Ma bien-aimée Sylvie, si je te promets de porter une veste violette assortie à tes souliers, accepteras-tu de m'épouser ?

Quatre semaines après le gala du magazine Célébrités, Michel et Sylvie s'épousèrent pour de vrai.

Conformément à leur désir, ils se dirent oui dans la petite église du village, devant une assemblée choisie d'amis et de proches. Aucun journaliste ne fut convié.

Menée à l'église dans une locomobile rutilante, Sylvie était resplendissante au bras de son père. Pour l'occasion, Madeleine lui avait dessiné une toute nouvelle robe, encore plus belle que la première, dont elle s'était toutefois inspirée.

Sylvie avait réussi à convaincre Madeleine de porter une robe assortie à une petite veste mauve et à lui faire troquer ses Doc Martens contre des souliers brodés de satin vert. Ses filleules étaient toutes adorables dans leurs petites tenues couleur lavande. Son petit filleul de cinq ans, lui, se souviendrait longtemps de sa culotte de velours violet...

Quelle fête ! De l'avis de tous, le repas fut une réussite. Les enfants eurent une indigestion de barbe à papa et Madeleine, à laquelle Sylvie venait de confier l'organisation des mariages, fut submergée de demandes pour des cérémonies du même genre.

Mais, comme Michel l'avait dit à Sylvie, ces noces étaient uniques : c'étaient leurs noces à eux, et à eux seuls...

Achevé d'imprimer en Septemebre 2019 par Nellys Editions
Dépôt légal : Septembre 2019
Imprimé en France

Made in the USA
Middletown, DE
24 January 2023

21411461R00149